Seba・蝴蝶

Seba・蝴蝶

Seba・蝴蝶

Seba·蝴蝶

蝴蝶館 82

司命書

伍

蝴蝶Seba ◎ 著

elegantbooks

目次

命書卷拾參

你不認識的她或他

格子貓尊者和準人瑞沉默的看著唯一的檔案。

雖然早就有心理準備……以下犯上還能有啥好，唯一檔案是必然的。但是……

打破窒息般的沉默，準人瑞開口，「我不知道，原來危險度的顏色還有七彩的。」

「沒事。」斜格子紋的黑貓平靜的說，「其實我也是頭回看到。」

事實上，標籤上的顏色是流動的，如晚霞般瑰麗幻化無窮，並不真的是規整的七彩。

分類也很有趣，是為「未來」。但這分類可太廣了。為了照顧來自不同時代、不同文化的執行者，通常都是以他們本世界的認知劃標籤，對準人瑞來說，就是她離世時的「未來」。

可「末世」是「未來」，「星際」也是「未來」。這個「未來」實在太奧妙了。

「不要緊的，」黑貓安慰她，「上回的任務削海了，夠妳死個五、六次。」

可向來抱持樂觀態度的準人瑞卻很想說，恐怕旡道尊會讓她「死不足惜」，積分可能不夠用。

所以這次她更謹慎的確認了藥物槍彈是否充足，公子白和公子青的蛇蛻，荊棘也早早的幻化到紅寶石戒指上形成戒台，鈕釦型充氣娃娃是否攜帶上了。

雖說上個任務上線就掛了，但後期還是非常有用的不是？

做足了一切準備，結果上線也險些掛了。

道尊上司的怒火特麼的可怕。

她被條西方龍（？）的龍尾掃到牆上，只差１０３點血就掛了。滿場都是怒罵和哀號，人群像是秋後的稻子一片片的倒下來。

然後紅寶石戒指乾脆的不見了，手裡握了根木棍，棍頂還長了幾片樹葉和小花兒。

「特麼的范余妳到底會不會補?!」一聲怒吼在準人瑞耳邊炸起，「不會玩補師就不要玩！馬的智障！」

準人瑞接近反射的回嘴，「小智障說誰？」

「智障說妳啊說誰?!」

這孩子打嘴炮都不會，看這可憐的。原本湧起的一絲怒火也平和了，準人瑞甚至笑了笑。

雖然看不到紅寶石戒指也感覺不到，但是加強檢索功能還是很強悍的。一下子就發現罵人的是他們團長，小中二一個，已經躺屍了。

躺屍還能說話，此刻應該不是現實。

「不要死！死不得啊！」黑貓驚慌的喊，「這兒死也要扣積分！」

「有沒有人性？還有沒有人性啊！」準人瑞大罵，忙著翻包包灌各色藥水兼拔腿就跑，「敢不敢給我五分鐘看資料？敢不敢讓我知道我現在是誰能幹嘛？敢不敢？」

「牧師啦！妳可以給自己補血！」黑貓的嗓子都牽絲了，哀得那一個淒涼。

補師？準人瑞往腦海一搜尋，心口一涼。是的，技能表滿滿的補血技能，從瞬發到需要吟詠半分鐘的大聖療術都應有盡有，還有各色buff技能……但是戰鬥技能只有一個「懲惡術」。

她倒是將自己的血補滿了，但是在場百人團已經趴下九十九個，唯一還站著的就是她這個虛弱的補師。

最糟糕的是，身後那個跑起來地動山搖的西方龍（？）咆哮著追殺過來了。即使加了疾風術，原本短腿的補師也沒快到哪去，而狂暴化的西方龍大概十秒後就會追上她。

「別怕！」黑貓鼓勵她，「牠的血只剩1%！沒有多少了……」

「那到底是多少血？」準人瑞靠著地形和走位迂迴著躲避西方龍的吐焰。

「……不到十萬。」黑貓弱弱的說。

聽起來好像不是很多，準人瑞也大致熟悉了施法方法，吟唱後特意將懲惡術砸在西方龍後頸血肉模糊的要害上。

暴擊！

跳出一個極大的……「-30」。

但是被龍焰餘波波及，準人瑞腦袋上面飄出了個「-3000」，血條嘩啦啦的又是血皮。

「不到十萬?!」準人瑞怒吼。照這種豌豆般的攻擊，她得跟牠磨到什麼時候?!

「這隻黑龍是不死不休的主。」黑貓焦慮，「而且照計算妳跑不過牠……只能看看能不能宰了牠。積分還是很珍貴的，能救就救一點吧……」

這是場堅苦卓絕的戰役，觀者落淚思起傷心。準人瑞幾乎把所有的戰鬥經驗和身法素養全用上了，時時命懸一線，最慘的時候只有八滴血。到後來完全放棄只能打出三十點血的法術，拿出包裹裡的白板刀劍貼身砍了……因為要害攻擊三倍傷害，加上砍在同部位會有重傷加成，甚至出血加成，最高能砍出五百。

最後這條西方龍大部分是被自殺——不死不休的西方龍跟著上吊橋，跟十輪大卡車一樣大的西方龍實在沒估算好吊橋最高負重，而翅膀早就受傷到不能飛了。

於是牠踩塌了吊橋，像塊石頭似的掉進深深的溪谷，砸出一個大坑。

至於準人瑞呢？別傻了，她是補師，擁有最多的補血技能和最豐富的增益狀態。當中有個漂浮術，她才敢這麼玩。只是很不優雅的落地摔倒……戰鬥這麼久心力交瘁了。

「我覺得我乾脆讓牠殺一次還比較划算。」準人瑞異常疲憊的說。

「不。妳在這裡死一回扣的積分是真正死亡的八成。」黑貓心灰意冷的說。

「……靠北喔！憑什麼？」準人瑞又驚又怒，「這不過是個全息網遊!!玩網遊哪有不死的？」

黑貓欲言又止，最後自暴自棄的嘆了口氣，眼眶又溼潤了。

但最終還是沒得到黑貓的解釋。

一陣劇烈的暈眩襲擊了準人瑞，讓她直接撲倒在地。極致的痛苦和虛無讓她感覺從肉體到靈魂都即將粉碎……然後她真的碎了。

等她猛然睜開眼睛，像是從惡夢中驚醒。但痛苦和虛弱感隨即追來，像是鐐銬般鎖住了四肢，僵臥、動彈不得。

即將窒息。

她已經聽得到血液狂暴而徒勞的在血管裡奔流的聲音，轟然震耳欲聾，頭痛得接近爆炸，幾乎什麼都看不到的眼前飛著各式各樣駭人的閃電形狀。

冷靜下來，冷靜。準人瑞無聲的對自己說。慌張是沒有用的。

雖然幾乎失去了視覺，但是她能感覺到紅寶石戒指的存在。加強檢索功能的發揮，讓她知道就在右手邊有個緊急求生鈕，按下去就能直通119。

只是肉體完全無法動彈。但是她終究是大道之初的正式員工，魂魄還是很夠力的，在這種絕境中，還是能指揮荊棘按下求生鈕。

很幸運的，準人瑞……原主范余娟撿回了一條命……暫時的。

這個有著逼真得要命的全息網遊時代，科技非常發達，范余娟的腦溢血只要及時就醫並不算什麼大事。

真正的大事是她腦子裡長了個腦瘤，哪怕是醫學如此昌明的時代也束手無策的事兒。

醫生跟她說，大概還能有五年的壽命。

然後，她被提高了每日全息艙的時限……一天不得低於十六小時。

滿懷疑惑的準人瑞閉目裝睡，閱讀記憶抽屜的檔案……然後低低咒罵了一聲那個小肚雞腸的狗屁道尊。

她最討厭身體破敗的原主，簡直能把她活活憋死。更討厭白眼狼和熊孩子。結果炁道尊什麼憋屈來什麼。

范余娟此刻六十歲，在平均壽命一百二十歲的人類中不算太老，並在傳統市場當一個魚販。

她只有一個獨子范淵，今年二十歲，正在上大學。母子關係異常緊張。直到某天，兒子勉強答應回來吃飯，正好將昏迷過去的范余娟送醫，才發現個性冷淡的母親事實上是因為腦瘤的緣故，冰釋前嫌，並且半工半讀的照顧母親和學業。

母親過世後，他專心致志的在學術上，最終成了大數學家，並且因此在未來壞空中的「人類大遷徙計畫」成了非常重要的關鍵。

以上是原版。

然後呢，有個接收到這個「天機」的作家認為這個「靈感」太乏味了，擱置許久，剛好他寫了個全息網遊小說，為了充字數，就把這個「靈感」刪刪改改的扔進去當個背景，范淵因此成了男二這個萬年備胎。

於是，在全民瘋網遊的前提下，女主角橫空出世。先是在新手村接到絕無僅有的史詩任務，然後誤打誤撞得到驚天魔寵絕世神兵，然後還跟男一男二男三男四……逐一邂逅，每個人都著魔似的愛著這個「迷人的小妖精」。

女主角善良心軟又迷糊，人人愛我我愛人人。只可惜紅顏天妒，總有些不識相的傢伙嫉妒她的美貌和運氣，總是陷害她、欺負她，幸好她身邊的魔寵和騎士團非常夠力，神擋殺神、佛擋殺佛，魔王來了感化後收入後宮，一點問題也沒有。

最後女主角成為統治全網遊的第一高手，並且在現實中和所有後宮舉辦了個盛大的婚禮，幸福快樂的在一起。

嗯，你想問那范余娟呢？

這問題問得好。

為了讓范淵無牽無掛將女主角視為生命中的唯一，所以作家乾脆的讓他在關鍵的那一天，選擇了和女主角下副本，沒回去跟老媽吃飯……范余娟，卒。

結果老媽死了半個月，味道都傳出來了，才被管理處發現。最後還是警察通知了范淵他才知道的。

好吧，熊孩子雖然很熊，但是老媽過世對他來說卻是個很重大的打擊，他從此一蹶不振，最後放棄學業，成為一個網遊職業玩家，為女主生為女主死。

最後在一女七男的世紀婚禮上，他還能站在第二位……或許算是幸福吧。

但是缺乏「大數學家范淵」的世界很不幸福。「人類大遷徙計畫」失敗，巨大的彗星撞上地球，人類滅絕，天道傾覆，GG。

「……我只要活過死劫嗎？」啞口無言的準人瑞問黑貓。

黑貓抬起斜格子紋的臉，無奈的說，「怎麼可能？羅，不要逃避現實。妳乖乖翻到最後一頁，看看任務目標。」

她當然看到了，只是不想承認。

任務目標是，讓熊孩子范淵「步上人生的正軌」。

這麼模糊的目標，居然是范余娟將自己剩餘的靈魂給賣了所堅持的。

「你們講講道理好嗎？」準人瑞炸了，「第一個是熊孩子正態的時候最不好掰回……而且我根本討厭他，他還是個男的。」

「羅不要無理取鬧。」

「我無理取鬧？我？」準人瑞咆哮，「你告訴我什麼是『人生的正軌』?!你知道嗎？我不知道!!」

黑貓慢慢的飛機耳，楚楚可憐的看著一步步逼近的準人瑞，「冷靜點，拜託。」

「我不要冷靜！因為這太太的腦子裡有個不定時炸彈！腦瘤啊哥哥！根本不知道幾

時爆炸……雖然醫生說五年，其實他很心虛好嗎？說不定五天就炸了！那要怎麼玩？變成鬼來玩？」

黑貓都要被嚇哭了。「這世界並沒有靈異規則。不能死啊真的。」

準人瑞沉默下來，默默的注視黑貓。

「阿玄，你是有選擇的。」她心平氣和的說，「你可以選擇被掄牆而死，還是讓我掐死。放心，很快的，保證不會疼。咱們一起死，跳過這個爛任務吧。」

「不！不要逃避現實真的！自殺不能解決任何問題！」黑貓終於哭了。

最終善良的準人瑞還是沒下手……看見玄尊者那張可憐的斜格子臉就下不了手了。

只是跟原主的便宜兒子通過電話，她額角爆出青筋，一回頭發現玄尊者逃之夭夭追之不及，她就懊悔太心慈手軟。

這任務太爛了。

不，不是說原主的身體太破，也不是嫌原主太老……再怎麼破爛怎麼蒼老，經過孟蟬的摧殘後，比較起來范余娟還算不錯了……除了長了個腦瘤，實在還算是個健康的後中年太太。

也不是因為窮，在多才多藝的準人瑞看來，沒錢不算事兒。

七彩霓虹燈的標籤、意味不明的任務目標，發完脾氣也不是不能按捺性子想辦法達成。

讓她決定放棄的，是便宜兒子的態度。

直到搶救過來第三天，便宜兒子了無音訊。準人瑞不得不打電話給他，直接轉語音信箱。她卯起來打給兒子的朋友、同學，輾轉了半個班的人才通知到他——同學上遊戲通知他打開手機防干擾，她才打通給便宜兒子的電話。

想跟自己兒子連絡居然需要一個下午。她真為原主悲哀。

「幹嘛？我正忙！」不耐煩的聲音傳過來。

準人瑞深吸了一大口氣，拚命控制怒火，「不是說，要回來吃飯？」

電話那頭沉默了一會兒，「喔，我忘了。明天吧，可以嗎？媽，我現在真的很忙！……靠北喔，你們瞎了喔！是不會跑位喔！幹，又死一大片……」

準人瑞的左手在不鏽鋼桿上一握，捏出清晰指痕，語氣有點緊繃，卻還算平靜，「明天不行。我住院了……」

話被粗暴的打斷，「特麼的靜靜死了！靠，這樣妳高興了吧?!住院又怎麼樣？生病又怎麼樣？告訴醫生啊，告訴我幹什麼？我又不會看病！……」

手機有點脆弱的被準人瑞捏成幾截了。所以混帳東西後面說了些什麼不清楚。

反正無所謂，特麼的恁祖媽不幹了。原主也是個蠢貨，為了這種叉燒不如的東西，還浪費自己剩餘的靈魂。

在她看來，范余娟對那小混帳已經善盡為母的義務了。沒少他吃、沒少他穿，為了養活他，每天天不亮去批魚回來零售，十根指頭完全不能看了……在科技如此發達的時代有著根除不了的風溼。

這死孩子卻覺得母親待他很冷淡，傷透了他的心。

喂，你媽一天工作十二個小時，家務全都包，累死累活，還指望她笑臉迎人……你誰啊？奴隸主？

不幹了不幹了，誰愛幹誰去。

當天準人瑞就出院了……畢竟紅寶石戒指裡的培元丹．改也不是放假的。比孟蟬世界更好的是，這個世界還有中藥行……雖然也是沒落的厲害，終究還是有的。

而且，中醫古方還是很神祕很受追捧的。

回去第一件事情就是將傳了好幾代的攤位給賣了。然後把家裡能扔的東西全扔掉，做了一次徹底的大掃除，將范淵的房間鎖起來……眼不見心不煩。

之後認真的把培元丹藥材辨認清楚、湊齊，炒了幾鍋確定無誤，直接把丹方賣給最大的藥廠……這倒是很快，大藥廠收購祖上古方動作非常迅速確實……尤其樣本如此神奇。

這讓準人瑞心情好了點兒。不然還得去研究程式或小說，兩者都很燒腦不是？

最後她將那台破舊的感應艙直接資源回收了，買了一部豪華全新版。

是的，她就是不幹了。她就是要開開心心、舒舒服服的怠工。

這個時代多有意思啊，全息網遊盛行，甚至國家支持！至於是什麼原因，擺爛的準人瑞也懶得知道了。只知道感應艙甚至被當作輔助醫療器材，像是她的藥方中就包含「全息感應艙不低於十六個小時」。

想想吧，朱訪秋時代她空在全息遊戲裡幾十年，除了拚命讀書還幹了啥？什麼也沒玩到！白白來了一遭！

這次她可不這麼傻了。

「……羅，喂！羅！」消失了一個多月才敢出現的黑貓呆掉了，羅整個氣色紅潤，小心翼翼的練著無雙譜，原本擁擠陰暗的家整個寬敞明亮起來，「范余娟」的生命氣象為之一新。

但是她卻再沒理會過真正的任務目標范淵先生。

「羅，你知道小孩子有時候就是這麼態……但妳不應該就這麼放棄掉他呀！他是任務目標！」

正在看書的準人瑞漫應著，「我沒有放棄他……我還記得幫他匯錢到帳戶呢。」

「……養小孩不是只有付錢就行了！」

準人瑞翻過一頁，「他也不是小孩子，二十歲，成年了。」

黑貓被這一堵，啞口無言。「不，不對！任務目標是『讓范淵步上人生的正軌』！」

「所以呢？」準人瑞優雅的啜了口紅茶，「我該打他？罵他？將他揄牆一百遍？沒用的，他是個成年人，我們要慢慢來。」

她對黑貓溫柔的一笑，「聽我的。我養過太多子孫了。先不要管他。」

這溫柔一笑讓黑貓忍不住的打了個冷顫。

不對勁。太不對勁了。羅應該暴跳如雷，應該逮誰掄誰，不應該如此平靜。

「我怎麼覺得，」黑貓嘀咕，「妳就是再不想管他了呢？」

玄尊者。準人瑞默默的想，其實有時候您也擁有野獸般的直覺。

「怎麼可能。」她泰然自若的給格子貓尊者倒了杯紅茶，「不過是戰略性冷戰罷了。放心，一切都在我掌握之中。」

準人瑞的溫柔讓黑貓感覺到深淵般的寒冷。

準人瑞覺得范余娟是個很奇妙的人。

因為她的靈魂已經不在了，所以記憶有很多缺失的細節，但就算只有大綱也夠神奇了。

這個個性淡漠的女人，一生摯愛是遊戲。

十五、六歲時差點就成了電競選手，最後團隊挑戰賽勝了，她卻因為性別和容貌的緣故被刷下來僅能候補，然而她非常有氣魄的直接不幹了，回家幫老爸殺魚。然後平凡的結婚生子、喪夫，獨自撫養小孩。

但是這些都沒泯滅她對網路遊戲的熱愛，一直都是個業餘高手。從鍵盤遊戲到全息遊戲。

同時，連高中都勉強念完的她，喜歡的小說卻是《茶花女》和《舊唐書》。

並且有著非常棒的刀工，處理一條魚只需要十秒，含刮鱗到清除內臟，極具韻律之美。

……

總覺得，是唐代傳奇小說才會出現的人物呢。

這樣的人，結婚生子什麼的，真不像是她該走的路。這樣的人應該孤傲清高的殺她的魚，閒暇時盡情的在遊戲悠遊當她的女俠，讀她的書，盡興而來，盡興而往，一生活得清靜潔白才對。

養孩子什麼的，超過她的能力範圍了。

沒辦法，她是個孝順女兒。當父母的都覺得孩子該結婚生子才是正當人生路，她就算不願意也勉強自己了。

即使勉強，還是盡力做到最好。

準人瑞為她嘆息。

比起任務目標，她還是比較喜歡目標他媽。

可惜她已經不在了。

一上線，黑貓差點魂飛魄散。

刀光劍影滿地，矢飛如蝗。若不是準人瑞敏捷的揪住他的尾巴往旁一躲，堂堂尊者就要被剁成肉醬了。

「嘖，守了幾天還不膩啊？」準人瑞嘲笑，如穿花蝴蝶般身法繚亂，幾下就穿出包圍圈，「我勸你們還是把指向技學準吧，老把招數當指定技，全息網遊沒那麼好混～」

提著黑貓，很瀟灑的翻牆上屋，順便將幾個屋上埋伏的刀客劍俠踹下屋頂，揚長而去。

「妳……妳才上線幾天就成了全民公敵?!」黑貓的聲音打顫，「在全息網遊死了復活還是要扣積分妳不知道?!」

「上線第五天。我知道。」準人瑞氣定神閒，將黑貓往肩膀一扔，從背包裡掏出一把魯特琴，撥弦細細，如風般的行歌響起，她也真的行動如風。

雖然這個風行術只有十五秒，但是十五秒後，後面墜著那串追兵尾巴早就看不到準人瑞的車尾燈。

但這十五秒也真特麼的驚險。好幾次箭都擦著黑貓的耳朵邊過。

「……我損血了十五點。」準人瑞很無奈，「還是你的爪子造成的。玄尊者冷靜點，你的爪子能放過我的脖子嗎？」

「在全息網遊我也是會死的！而且死掉同樣要扣積分啊！」黑貓炸毛了。

準人瑞沉默了一會兒，「是呀。你占著我寵物的位置，不但是唯一，還是觀賞類寵，一點用處都沒有。」

剛她就查過黑貓的資料了，名字超級高大上，是為「無上奧祕的黑貓（唯一）」。所謂的「唯一」，就是有了他就別想有其他寵物了。雖然非召喚師職業者寵物的攻擊力都很虛弱，但是最少會加各種屬性，並且有各種輔助技能，譬如偵查之類，有的稀有寵物還能補血加buff呢……

只有這高大上的「無上奧祕的黑貓（唯一）」，卻是個純粹的觀賞型寵物，不可丟棄、不可放倉庫、不可販賣，完完全全的靈魂綁定。

還不如路邊抓隻兔子，兔子最少能加敏捷。

「什麼意思？妳是什麼意思?!」黑貓被準人瑞太響亮的心聲激怒了，「本座居然會不如一隻野兔!?」

「好好好。」準人瑞不想跟他吵這個，非常敷衍。

「好什麼好?!本座是不可意會不可言傳無上奧妙之……」

「貓？」準人瑞嘆氣，「好的，玄尊者。是的，玄尊者。」是啊，還是格子紋的黑貓呢。

黑貓氣順了。但沒一會兒又發火，「本座怎麼會是貓?!貓只是為了方便才變身的！」

看著炸毛又飛機耳的黑貓尊者，準人瑞想。變身實在很危險啊……瞧瞧玄尊者如此習慣當貓，她再次堅定了絕對不當他同事的信念。

會成為全民公敵也不是她願意的。

說來說去都是她頭回上線時獨自幹掉的黑龍王子惹的禍。

那是一隻野外大Boss，代表的是豐厚到炸膛的經驗值和寶物。當時某公會堆屍到最後，以為1%飲恨……誰知道最後全伺服器公告范余首殺。

范余並沒有加入公會，只是外聘的補師。

然後一個補師能夠打掉十萬血？你開玩笑？

於是失去首殺和寶物的公會激動了，陰謀論滿天飛。隨著范余自此下線失蹤的狀況越演越烈。

等「范余」上線，人多勢眾的「亡者榮耀」一湧而上要個交代。

準人瑞一開始很冷靜的說明黑龍墜崖，她真的什麼也沒撿到。但是人家不肯接受，依舊要她給交代。準人瑞被魯煩了，她給不出雙鹿牌也給不出3M的膠帶。

於是在眾目睽睽下，一言不合，她將亡者榮耀的會長掄牆了。堂堂會長的面子都掄在牆上扒不下來。

這就是為什麼她在跑路。畢竟這個叫做「榮耀之路」的全息遊戲地圖大到靠北，此處不留爺，自有留爺處。

「畢竟這裡是鄉下小地方。」準人瑞淡淡的說，「我的征途，是星辰大海。」

黑貓扁眼，「不要以為我不懂，那明明是《銀英傳》。妳以為妳是萊因哈特？」

準人瑞呵呵，沒有回答。

亡者榮耀那群小中二，其實準人瑞不看在眼裡。

她會徒步趕路，主要是她身上沒有錢。而榮耀之路的傳送陣貴到靠北。

其實吧，原主在遊戲中說不上呼風喚雨，但也是混得小有名氣……是個邀約不斷的副本指揮和牧師。

若不是她脾氣太壞，說不定會很搶手……但是她帶團時的風格實在太尖銳太蠻橫，讓許多團隊對她又愛又恨，往往拓完荒就付錢結算從此再也不見。

但是她當主補就非常出色，並且沉默，所以邀她主補比副本指揮還多得多。

嗯，需要說明一下榮耀之路這個全息網遊世界。

只有一個種族，就是人類。職業也就是戰士系、盜賊系、弓箭槍手系、法師系四大類。

牧師是法師系中的一轉職業。同樣是補師的還有薩滿和德魯伊……相較起來，牧師反而是數量最少的。

這得提到榮耀之路一個超級坑爹的設定。所有的技能，只有指向技沒有指定技。

近戰的的戰士系或盜賊系沒什麼大問題，近距離砍總不能砍不中。弓箭槍手系有被動技能名為「瞄準」，多少能夠提高準確率。

法師系就可憐了。

柔弱的法師沒有瞄準這個被動神技，必須要站定吟咒施法，手一歪就可能打偏到十萬八千里去。至於地圖砲式的AOE，不好意思，需要的法力很多，一天或幾天才能施法一次……威力越大，技能冷卻時間越長。

所以可能法師擺了半天的pose，唱了半天的法術，終於把大火球唱出來，咻～的一聲，剛好哥布林往旁邊一步，於是轟轟烈烈的大火球打到旁邊的無辜行道樹。再次擺pose，哥布林已經逼到眼前毆打你，然後你再也沒能施法成功，憋屈的被毆死了。

弓箭槍手系就算沒能決戰千里之外的將怪物打死，最少他們身輕如燕，跑速是所有職業之冠，能夠邊跑邊調戲怪慢慢風箏死。法師系跑速是所有職業之末。

所以，以攻擊法師為職志的，要不就是非常有毅力，要不就是非常有天分，然後有固定團照顧，不然真是非常稀少。大部分選擇法系的還是往奶爸奶媽的道路走去了……最大宗是薩滿，因為可以穿鎖甲，可以插治療圖騰，不容易死還能幫忙敲怪貢獻點攻擊力。

其次是德魯伊，穿皮甲，血多皮厚，能夠跟近戰並肩，補血量小，但多半是瞬發，也不容易失手。

牧師……很尷尬。

服飾最飄逸，技能最聖潔燦爛，但是布衣薄如蟬翼，血少腿短，通常都小心翼翼的在二十碼以外施法，補血量多，但是幾乎都要吟唱……而且因為太遠，又不能指定目標，往往容易補錯，或者是乾脆的miss。

你能想像在主坦九死一生的生死關頭，然會主補牧師手一滑，補血miss嗎？或者是乾脆補到旁邊滿血的刺客嗎？

最糟的是，作為榮耀之路唯一有團補技能的牧師，技能的冷卻時間是三天。而且補血技能的仇恨值都相當高，但是薩滿和德魯伊都能扛幾下等主坦將怪引走……牧師扛不了，只能無助的等死。

更別提，牧師那悲情的唯一攻擊法術「懲惡」，幾乎斷絕了所有單練的可能。

於是牧師成了二十人以上大團才會帶上一個的buff專用機。最少在進入戰鬥前上buff不會miss，就算miss也無傷大雅，補上就行了。

所以牧師通常是花瓶。

如此可以得知，原主身為牧師，卻能夠成為常被外聘的主補是多麼的厲害。

之所以這麼厲害、賺錢無數的主補會身無分文，就是因為她將賺來的錢全默默的寄給了她那便宜兒子。

瞧瞧，這就是慣兒子。別開玩笑了，準人瑞會這麼慣那個小中二嗎？

當然不。

她徒步北上就是想去王都，那兒跟全榮耀之路世界相通的拍賣場。

準人瑞想來個大換裝。

「……我記得妳是牧師，法系。」抵達王都拍賣場，黑貓忍不住開口了。

「我是。」賣掉幾把倉庫裡堆著的魯特琴，準人瑞漫應。

「法系重視的是智慧對吧？其次是精神！力敏法袍是什麼鬼?!然後妳居然買法劍！在所有法系武器中，它加成是最低的！」

「但是基礎攻擊最高，而且這把法劍還額外加了力量。重量……也是牧師掄得動的。」準人瑞脾氣很好的回答。

黑貓啞口無言，「這樣妳的懲惡威力只剩下一半。」

「是啊，打黑龍從三十點血降到剩下十五點。」準人瑞聳聳肩，「降好多哈。」

換完裝後，準人瑞揮了揮劍，原地跳了跳，自我感覺異常良好的進了競技場，申請個人競技。

五分鐘後，對方哭著投降。

畢竟應付一個滑溜如泥鰍，總是砍不中但對方總能砍中你，被凌遲的非常崩潰，而且，人家還是個柔弱的牧師……誰都會想要哭著投降。

只用一個巴掌就將敵手的寵物老虎玩得團團轉的黑貓傻眼。

「……羅，妳是牧師……吧？」

「榮耀之路的自由度很大的。」準人瑞點點頭，「既然有力敏布衣的存在，那當個牧師劍客應該也可以。不然，這類裝備設計出來幹嘛？我不相信這麼精巧的全息網遊會設計出沒用的裝備。」

「……說不定他們就是隨機亂湊屬性呢？」

準人瑞對黑貓神祕一笑，「但對我相當有用，不是嗎？」

這是個非常擬真的全息世界。當然，她不可能在這兒練無雙心法。但是，花架子似的無雙劍法和身法還是能夠有很好的效果……雖然都是歸於「普通攻擊」。

可攻擊要害照樣有三倍的傷害獎勵。

她覺得會在此玩得相當愉快。

的確如此。

只是她打了一個禮拜的競技場，卻讓對手個個增添了心靈深刻的傷痕，也榮獲了「凌遲者」、「剝皮魔」這類的綽號。

因為她總是不痛快的給人致命一擊（因為攻擊力實在不夠），卻瑣瑣碎碎的砍人無數普通攻擊，讓人哭著崩潰投降之故。

「我不懂他們哭什麼，」準人瑞搖頭，「一點都不疼好嗎？只有受損感，能夠意識到自己少了多少血而已……崩潰個啥子啊？我就是不懂。」

黑貓默然無語。其實這跟疼不疼一點關係也沒有。所有的人玩電動的時候，腎上腺素飆升，哪怕不是全息網遊，依舊會有很強的帶入感，看到自己的角色血線陡降都會腦充血。

何況是代入感更強的全息網遊。能夠更清楚的明白自己中了多少刀，HP一洩千里……尤其是榮耀之路除了以受損感代替痛覺，其他反應都跟現實沒差很遠……長於和平的玩家不崩潰才怪。

聽完黑貓的心得，換準人瑞無語了。

「明明是遊戲。現實和遊戲他們分不出來嗎？」

黑貓安靜了很久，「羅，所以，妳把每個任務都當成遊戲嗎？」

「當然不是。」準人瑞發笑，「每個任務都是真實的。我很認真好嗎？」

「那麼妳為什麼消極放棄呢？這是很多人，很多很多人的性命和未來，一個世界。」

準人瑞停下腳步。「我沒有。我的確討厭任務目標，打算怠工……但是並沒有放棄任務。」

她蹲下來，望著格子貓臉上美麗的眼睛，「玄，你不明白親子間的複雜。原主待任務目標太好、太寵了，想要那熊孩子回歸正軌，需要來點震撼教育……相信我。」

黑貓安靜了好一會兒，嘟囔著，「……我怎麼覺得妳還是在敷衍我呢？」

準人瑞微微一笑。是的，我就是在敷衍你。

其實如果將任務仔細理解，就會明白，這個任務既困難又簡單，並且沒有脫離之前任務的範圍。

記得嗎？改版中范淵會痛苦放棄人生、放棄一切，是因為他媽媽被他放了次鴿子掛了。所以只要原主好好的活過死劫，大概不用多做什麼，他就會自動回歸原版的命運。

當然，可能完成得不好，但是大約能夠合格。

是的，準人瑞覺得自己也是夠混蛋的，置原主耗盡魂魄的遺願於不顧……但她就是這麼討厭那個熊孩子。

明明是被撫養的小鬼，從來沒自己賺過一毛錢。跩得二五八萬似的，只有自己脆弱敏感的玻璃心最要緊。

說開了也不過是，想當媽寶，可惜媽媽個性太冷靜，當不成就各種鬧脾氣耍性子。也就只有親媽會這麼慣他……馬的她就是不想慣這熊孩子。

於是，她在王都登記戶口一個月後，「宛如深淵」寫信跟她借錢時，準人瑞笑了。這個「宛如深淵」其實就是范淵。其實他一定知道「范余」就是他媽，不然誰有那閒情逸致不斷給自己白寄遊戲金幣。可他裝不知道，有時候缺錢了也會寫信來借。

據聞他上國中後就不讓老媽跟他同個遊戲，就算同個遊戲也不相認，甚至跟他密語都會大發脾氣，覺得很丟人。

真可憐。那個沉默寡言又非常愛你的母親，已經永遠不會回來了。準人瑞默默的想。

所以她回信給借錢的宛如深淵，「似乎你不曾還過一分錢。」

然後脆弱的熊孩子將她刪了好友。

準人瑞做好了被迴響整的準備。可是卻異常緘默，毫無波動。

所以說，什麼樣的情感都有其額度，哪怕是母愛。說不定范余娟會將靈魂燃盡許了那個願望，也不過是最後的責任和債務，完了就是完了。

「他發了好大的脾氣。」黑貓納悶，「跟現實的同學吵架，跟全息網遊的朋友吵架，還凶了他的女神……為什麼？他明明身上還有很多金幣，沒有必要跟『范余』借。」

「這樣撒嬌兒要不得。」準人瑞淡淡的回答。

「……哈？」

「所以說親子關係你不懂。」

黑貓深深的感覺，準人瑞又敷衍他了，而且還不太認真。

但是的確沒有當過人家祖宗的黑貓也束手無策。其實他最討厭的就是這類任務。關鍵不在附身的原主身上，而是要原主去影響任務目標。

問題就在這兒。世界上唯一能夠正確控制的只有「自己」。

只可惜這個任務的目標沒有切入的關鍵點，只有目標的母親能夠切入。

更糟糕的是，又有菜鳥出包了，他得去緊急支援。

他心如死灰的跟準人瑞說，「羅，有個世界被玩得快掛了，我得去支援，妳……」

「放心。」準人瑞點頭。

每次聽到「放心」，他都覺得本尊需要吃顆強效救心丹之類。

準人瑞知道黑貓其實不能對她有什麼限制，但是他不在還是讓她自在多了。

畢竟，玄尊者為她做了許多，搞到現在還是格子花紋。可以的話實在不想讓他難過。

說起來愛嘮叨的小黑貓心腸實在比她好得多了。

所以半年後，范淵差點缺課太多被踢出學校的時候，準人瑞能夠非常冷酷的斷了他的生活費。

這才第一次面對面的看到便宜兒子……說真話，要不是她確定這個世界的毒品打擊非常有效率，她都以為便宜兒子吸毒得快死了。

瞧那誇張的黑眼圈，蒼白的像是吸血鬼似的臉色，充滿血絲的眼睛。

感應艙雖然也充作醫療的一環，甚至上線可以代替睡眠。但一天十六個小時就是極限了。

這熊孩子起碼有一個禮拜沒下線……或者更多。

凡事過猶不及。她從來不信靠營養劑就能在感應艙長期健康的生活。

所以熊孩子對她大吼大叫時，她一點也沒生氣……因為這孩子連吼人都中氣不足，走路直晃了。

趁他吼叫時，準人瑞炒了盤蛋炒飯，做了個青菜豆腐湯。不管多討厭熊孩子，她還是不會用餓他們來懲罰的。

「我勸你最好尊重食物。」看他揚手，準人瑞異常冷酷的說，眼神殺氣逼人，「要知道，即使文明如此發達的時代，依舊有人在飢餓邊緣。」

范淵突然覺得，眼前的母親，非常陌生，陌生得讓人膽寒恐懼。他的手僵住，像是被凍結般。

「坐下，吃飯。」準人瑞淡淡的說。

范淵沒有動。直到準人瑞抬頭瞥了他一眼，霜寒冷淡的一眼，讓他不由自主的坐下來……差點因為腿軟沒坐準。

等他吃完，準人瑞才開口，「你知道已經成年的孩子要怎麼得到父母資助嗎？很簡單，乖乖上學就可以了。如果你覺得上學沒意義，那就養活自己吧。我發現你四肢健全、智力良好，我實在想不出來你還有什麼啃老的理由。」

范淵憤慨的抬頭，「妳以為是我自己想來這個世界嗎?!是妳未經同意生下我！」

準人瑞發笑，笑得那麼的冷，「我相信你媽跟老天爺訂購的也絕對不是你這樣的啃老族，只可惜老天爺不接受退貨。」

「還有，剛剛你說錯了。你說你媽只會叫你讀書，就是為了將來賺大錢好養她……別傻了，范余娟可沒這麼沒出息。她對你的期待只有養活自己……可我覺得你連這點都辦不到。」

「行了。我不想對你說教。你已經留級了……還想得到我的資助的話，就去上課吧。這是你最後一次機會。月考不通過，你就乖乖出社會謀生吧。」

范淵震驚迷惑的看著她，看了很久很久。「……其實妳早就想這麼說了對吧？妳早就想甩掉我了，對嗎？從那個賣豬肉的想娶妳被我攪黃了以後……」

賣豬肉的？準人瑞拚命回想，才有了點非常模糊的印象。可見范余娟根本沒當回事。

「呃，是早就想說了。」雖然只是猜想，「如果不想被人甩掉，就少做討人厭的事情。我不懂你們這些男人，一點都不懂。拚命測試自己親愛的人有意思嗎？」

準人瑞逼視范淵，「拚命惹她們生氣，拚命觸犯她們的底線。目的卻是很好笑、很荒唐的想得到保證，保證不管什麼情形下，對她們再怎麼壞，她們也不會離開。這簡直，太無聊了。」

驚恐到極點的范淵轉身就逃。

真可笑的傢伙，太可笑了。對世界上最愛他的人是那樣予取予求，卻還是覺得永遠不夠。輕蔑自己的母親，輕蔑母親的職業，怨恨出生在貧窮的單親家庭。

全世界都對不起他，特麼的。

所以準人瑞非常愉快的將便宜兒子扔到心房之外。

第二天，便宜兒子打了電話給她，寄給她一張在課堂自拍的照片，證明他去上了課，準人瑞也痛快的匯了錢。

所以說，便宜兒子也沒有他表現的那麼硬氣。

但那又跟她有什麼關係？他能夠對著原主大小聲、嫌棄這嫌棄那，還不就仗著當媽的人放不下。

可惜他媽死了。真是太可惜。

準人瑞倒是過得很愉快。不管是現實生活還是網路生活，都挺有趣，完全是度假。其實她也承認榮耀之路實在太好玩了，難怪自制力薄弱的人會沉迷。因為這是個非常真實的世界，真實的像是更簡單、優化的任務世界。

當中甚至很詭異的有點兒天道的氣息。

她有點懷疑這是否從哪個世界拷貝過來的簡潔版。當她削製魯特琴的琴胚差點將自己大拇指削掉時，她看著冒出來的血納悶。

跟現實一般無異的傷口、血管分布、止血點。

跟現實不同的治療法術……乃至於所有法術。

最有趣的就是，很奇幻的法術其實都有非常符合邏輯的學術系統。法術建模甚至需要用到數理化等等學問。

這很有意思，卻也讓在圖書館埋首幾個月的準人瑞感到很困惑。

可惜黑貓不在。這也是她唯一會想念黑貓的時候。

打斷她這種非常哲學的思索的，是一則全伺服器的廣播。

全伺服器廣播事實上只有系統公告，和某些有錢無處花的大爺的特權。畢竟一則伺服器廣播的大喇叭只有商城出售，而且限量供應，價格還是特麼的貴。

萊因德：殺人如殺魚小姐？呃，鯊魚小姐？還是魚販子？不管是哪個名字，魚小姐和我連絡可以嗎？

很顯眼，因為全伺服器廣播會出現在視線左上方，那是關不掉的。

會吸引準人瑞的注意是因為，「殺人如殺魚」、「鯊魚」、「魚販子」都是原主曾經用過的遊戲ＩＤ。

尤其是「魚販子」，曾經非常有名，但那是四十幾年前的事情了。

她承認，非常好奇。所以她回密了，「我是。但請問你是誰？」

好一會兒萊因德才回密，「……所以妳真的姓范名余？這是妳真正的名字？我是三角函數啊！」

還勾股弦呢三角函數……呃？

這不是，不是范余娟的……「宿敵？」

「也不都是敵對啊！」萊因德抗議，「偶爾也會同陣營。」

「偶爾。」準人瑞啼笑皆非，「所以？你想討皮癢？」

「不不，我發現我們這次是同國，相同陣營。」萊因德異常開心，「所以我們合夥大幹一場吧！」

「……我覺得兩個六十歲的老太老頭搶銀行沒前途，你不覺得嗎？」

關於遊戲相關的記憶，哪怕她已然不在，依舊非常豐滿，細節缺失甚少。

可見遊戲真是她一生摯愛。

萊因德真是原主的宿敵。

當時他們都只有十五、六歲，都在參與挑戰賽，分屬兩個呼聲最高的戰隊。他們倆不但都是補師，而且都是醫療兵。

醫療兵是個操作很複雜的職業。不同子彈相對應於不同技能，而技能是轉盤。雖然醫療兵號稱能打能補，但是這操作太煩人了……技能十幾個的旋轉轉盤，萬一按錯，子彈不符只能卡彈，所以一般的醫療兵甚至只會上三、五個技能，能把血補好就很強了。

三角函數就是補血派醫療兵的極致，保持八個技能，補血上buff面面俱到，可說最強補師。

可魚販子卻是複合派醫療兵的極致，所有的技能都在轉盤上，讓隊友在生死線上掙扎，卻是強力輸出，團戰看她輸出就飽了。

當時還年少的萊因德不只一次想拔魚販子的網路線，實在太傷自尊。對付別人都有輾壓智商的優越感，對付同職業的魚販子卻總是被輾壓，情何以堪。

結果挑戰賽被魚販子他們隊刷下來，當場萊因德就把自己的鍵盤給破開了。因為只差一點點，誰知道魚販子無視隊友被屠戮殆盡，直接默默的把主堡給偷了。

但是魚販子的戰隊挑戰賽得到冠軍，可以遞補進職業聯賽，她卻被編到候補，當然她就不幹了。

萊因德和隊友幸災樂禍了一下下，卻又感到有些失落。畢竟，業餘和職業非常不同，職業選手總是需要商業化的。

魚販子非常厲害，特麼的厲害得招人恨。但她是個女生，還是個又矮又胖說話非常毒的女生。如果她長得好看些說不定還能當個花瓶……但魚販子是當花瓶的料嗎？

大概是職業戰隊殘酷現實的這一面，讓他幻滅並且成長了，所以他也脫離了戰隊，回家好好念書。

但是，網路遊戲總是他放不下的夢，每天不摸一下總是不對勁。

一開始像他這樣的人是很多的，只是畢業以後，慢慢的減少，二十年過去，就落到只剩十來個，到現在，四十幾年過去，大概只剩下他和魚販子了。

「什麼搶銀行？妳就不能想點好？」萊因德抱怨，「怎麼樣？喜歡打競技場嗎？合夥打競技場啊！我倆打雙人組，絕對可以橫掃千軍萬夫莫敵！打競技場收益才快，比冒險者公會接任務強多了！割一整天的哥布林耳朵絕對沒有打一場賺得多，來來來，我算給妳聽……」

準人瑞擺擺手，她已經將有關萊因德的回憶都瀏覽了一遍，「我們不熟吧？你的好基友呢？你們都幾十年了，我不想橫刀奪愛。」

萊因德沉默了一會兒，「嗯，阿畢死了。」

準人瑞無語，「……請節哀。」

「沒事。」萊因德振作起來，「早跟他講不要移民到太空站，不安全，網路還會延遲，偏他說星辰大海是他一生的願望。結果砰的一聲，炸了。好在聽說一下子就過去了，沒什麼痛苦。」

準人瑞搔了搔頭，「這個，我開放權限了，你可以查看我的裝備和職業。你不會想要我這樣的搭檔。」

「力敏牧師，帶法劍。普通攻擊為主，自己給自己加buff，還能給自己補血，很有想法啊。」萊因德一臉納悶，「妳不一直都是這樣？攻擊補師，幾十年沒變，有什麼問題？」

……幾十年幾乎都是敵對，為什麼你這麼清楚？準人瑞也納悶了。她發現萊因德也對她開放權限，所以也瞥了眼。

召喚師？呃，榮耀之路的召喚師可說是易學難工。最多可以召喚五隻，但通常不會有人這麼搞。畢竟在所有法術都是指向技的榮耀之路，召喚獸的智商不是很夠，讓牠們自動追敵，只會導致怪物越來越多然後滅團。想要一隻隻指揮……有時指錯了會抱著隊友啃。

可說是團隊最讓人嫌棄的職業，很多人喊野團都會註明「不要召喚」。

難怪要打競技場呢。在雙人組可以說能夠發揮得很好，開自動追敵都能把對方海死。

但是召喚師也有很多變化，不知道萊因德是力敏法召喚獸怎樣的排列組合？

答案很快就揭曉了。

「等等啊，我先餵個孩子。」然後萊因德非常驕傲的放出快把寵物袋撓破的……幼龍。

大概只有一隻貓那麼大，背生雙翼，是西方龍的模樣，纖瘦了些。但是他吃了起碼三天的糧食，堆起來超過準人瑞的小腿。

「好了好了，吃個半飽就行了。」萊因德費力的按著袋子跟幼龍拔河，「點心沒人吃到撐……行了少爺，再兩個小時就吃晚餐了……不，不要噴火！」

幼龍一臉無辜，準人瑞也相信他不是故意的……就是打個嗝。

萊因德的頭髮全成了爆炸頭，鬍子也幾乎燒沒，整個臉都燻黑了。

「……你為什麼要養龍？」準人瑞密他，「你想二轉召龍使？」

「就不小心得了顆龍蛋。」萊因德回密，「誰知道能孵出來。孵出來了總要負責。」

準人瑞憐憫的看著他破舊的法袍和破舊的法杖，再默算了下伙食費。這大概不僅僅窮困潦倒，還窮得張牙舞爪了。

但是萊因德望著幼龍的眼神非常溫柔。幼龍也磨蹭著萊因德撒嬌。

她對好爸爸總是特別沒有辦法。

「先試試看？」準人瑞說，「磨合一下，合得來也沒什麼不可以。」

萊因德揮拳說，「Yes！」幼龍也跟著揮拳，然後正經八百的嗷了一聲。

準人瑞看著這對「父子」，不知道為什麼覺得有點兒不安。

據說榮耀之路將開服前，召龍使榮獲熱門職業第一名。

因為實在太帥了。想想看，養真正的龍！而且升階到五星後，五星龍可以成為飛行座騎，二轉職業的召龍使三轉能夠成為法系的飛龍法師，也能三轉成聖龍騎士。

不管轉成飛龍法師還是聖龍騎士，都是榮耀之路獨一無二的空軍。

只是現實總是很殘酷。首先，法系的操作不易就已經勸退了一卡車人，一轉召喚師註定孤獨一生的道路又讓許多人憋悶的回去刪號重練。能夠堅持下來，並且取得貴得突破天際的龍蛋……就被伙食費逼得破產。

當然，龍族會堅持自己食量其實很小。頂多一餐幾顆魔法寶石，一碗魔銀就飽了。這不是人類鏟屎官供應不上嗎？他們都能委屈自己吃些低能量食物，還不以量取勝？

這就是為什麼準人瑞會用憐憫的眼光看著萊因德的原因。

跟他們同行了半個鐘頭，萊因德一路上都在採礦拔草摘水果，甚至還剝了幾張皮，肉是小心翼翼的先收起來，很開心晚餐能夠省點。

一般來說，沒人會把生活技能學全，畢竟太費時間了。像原主，她寧可去金團打工，也只照自己興趣學了制琴。萊因德卻將這些都學全……說起來他也算遊戲大神吧？原主的記憶中，他可是很講究白衣飄飄氣定神閒的裝逼范……

現在卻是個窮困潦倒的鬍子大叔。

論選擇職業的重要性。

費力烤了成山的肉後，終於將幼龍小星星餵飽了。

準人瑞覺得萊因德很沒有取名天賦……照幼龍的食量叫什麼小星星，明明是宇宙黑洞。但是她睿智的提議卻被萊因德無理取鬧的否決了。

「什麼話，難聽死了，妳傷了我兒子的心！」他抱著幼龍，幼龍的大眼睛也淚水盈盈，撒嬌的對他龍爹哼哼。

準人瑞無語，轉頭說，「還打不打了？趕緊去排隊吧。」

雖說萊因德之前和他基友打過雙人組競技，但是雙人組一旦重組就是重新開始。所以一開始遇到的最可能也是積分很低的對手。

所以小星星戰隊一開始遇到的就是很熱門的職業組合：武器戰與刺客。帶的都是白鹿，增加敏捷，並且會補血，速度還快。

結果一上場，小星星膨脹成大星星，起碼是小貓變成了哈士奇的份量。目光凌厲的釋放強大的威壓，兩白鹿立刻跪了，對面的敵手也遲滯了下來，完全成了慢動作。

龍威啊。

然後大星星往前飛躍，一腳一個踩死了兩個可憐蟲。

時間不到五秒，準人瑞剛把劍拔出來。

「……你找我幹嘛？」準人瑞不解，「你一個人就能挑翻雙人組了。小星星一個抵五個啊！」

「哎呀，沒有那麼厲害啦哈哈哈！」萊因德得意的只差甩尾巴，「對面是菜鳥才看起來很厲害。」他被小星星拱得往後一跌，大咳幾聲，「而且小星星剛吃飽。等開始餓了就沒這麼厲害了……」

「你肋骨還好嗎？」看著臉都青了的萊因德，準人瑞憐憫的問。

「……拜託用聖光沐浴我一下，治療藥劑要錢的。」

準人瑞嘆息，將手放在他胸口。這肋骨還真的斷了……果然想當龍族鏟屎官不是我等愚蠢的凡人輕易能為的。

「孩子，你爹不容易。」準人瑞撫摸著小星星的腦袋，「你還是變小了再撒嬌吧。」

小星星羞愧的低下頭，委屈的輕輕嗷嗚。

「妳說他幹什麼？孩子又不是故意的！」萊因德立刻護上了。

準人瑞啞口無言，唯有嘆息。

於是他們這個怪異的小星星戰隊，開始橫行競技場，成為雙人組的惡夢。因為他們一天只打十場，所有人都祈禱千萬別抽中他們。

因為那個召喚師和牧師完全不走尋常路啊！

遇到他們，寵物就別放了。召喚師的那隻龍太可恨，放什麼龍威……放完寵物就跪了，之後還會掉級，還是掉星級！升星階是每個主人的惡夢，光那堆升星材料就能讓人吐血兼流淚，有的還是綁定材料，非親手打不可。

好不容易升星，結果被龍威一嚇，立馬掉星，是個人都不能忍啊！……還是乖乖收著吧。

畢竟玩家還有裝備和技能能抵禦龍威，寵物卻不成。

反正那條龍還只是幼龍，只有開場三板斧，躲過了龍躍之後就只會普攻了，並不是完全無法攻克……但特麼的血超厚啊！幼龍血這麼厚，召喚師和牧師還幫著補血……

GM你媽知道嗎？這是作弊好嗎？

所以學乖的對手會朝軟Q易推倒的召喚師殺去。

只是特麼的這召喚師太淫蕩……走位太淫蕩！只見他左搖右擺，不知怎麼的就走出重圍，甚至不知怎麼的就引著對手撞到劍上。

是的，劍。特麼的牧師的法劍！從來沒想過會讓個牧師用劍砍得滿場跑啊！跟她釘孤支只會想上吊，傷害是不高，但總是她砍得中人，人砍不中她，就算砍中她了，召喚師和龍又來援，人家總是能算好距離和時間，氣定神閒的將自己補滿。

所以，小星星戰隊往往剛排入，就會看到對面投降，贏得許多不戰勝。為此還驚動了GM，以為有什麼非法內線交易……結果收穫許多涕淚俱下的投訴，讓GM啼笑皆非，還因此上了榮耀之路日報。

「這抗壓力真是夠感人。」準人瑞搖頭，放下了榮耀之路日報，喝了口咖啡。

「可不是。」萊因德深有同感，一面將積分兌換的魔法寶石餵給小星星，「呃，妳不吃了嗎？浪費食物是不好的，盤子遞給我吧。」

……你窮到沒錢吃早飯嗎？榮耀之路裡也是需要一日三餐的，不吃飯行動遲緩，HP和MP都會下降……三天不吃就會死亡。

看著吃完寶石又在吃頭烤乳豬的小星星，準人瑞發現，認識萊因德她總是在嘆氣。

「不好意思，」她朝服務生招手，「給這位先生上份早餐……大號的。」

「特大號。」萊因德趕緊補充，淚眼朦朧的看著準人瑞，「魚販子妳真是太善良。」

「死開。」準人瑞溫文儒雅的說。

後來準人瑞總是在入競技場前先請萊因德吃頓飯。

因為她目睹了蠢龍爹灰頭土臉的從重生點軟綿綿的出來……真把自己餓死了。

「……為什麼啊？」準人瑞不解，「反正小星星吃那麼多……你吃的那份對他不過是九牛一毛。」

「怎麼能讓孩子餓肚子？」萊因德自責，「其實我兒子很乖，幾乎沒有吃飽過。他沒有抱怨，忠誠度一直都是這麼高……若是其他的龍早棄我而去了。」

你還不如讓他棄你而去呢。

但是請一天兩天萊因德還行，第三天就不幹了。

他異常嚴肅的說，「我不吃軟飯。」

準人瑞使盡全力才沒流露出嫌棄的表情。我眼神要有多不好才能看上你這鬍子邋遢的大叔。

「我們是朋友……是吧？」她盡力擠了個不傷男人脆弱自尊的藉口。

萊因德眼睛卻爆出精光，一臉的受寵若驚，「啥？真的？孤僻的魚大神居然成了我朋友！」

準人瑞有一掌巴死他的衝動。最後她也真的巴下去了……因為他喋喋不休了十分鐘說對魚販子有多麼的羨慕嫉妒恨產生的崇拜。

「我只是覺得你復活後要度過半天的虛弱狀態太耽擱時間。」她揚起手，「閉嘴，不要逼我打你。」

世界是安靜了。但是萊因德和小星星目帶淚光的相擁瑟瑟發抖。

她實在不想巴他們了……她想掄牆，非常想。因此她特別接了兩單金團的活，存夠錢去把天賦洗了，將原本的智精配點全往力量和敏捷堆了，勉強能掄得動法師，戰士還是只能靠技巧摔個筋斗。

洗點後，被掄過兩回牆的萊因德乖乖坐下來讓她請吃飯，可對競技場的對手來說，她直接從惡夢晉升為夢魘。

畢竟，被個柔弱牧師往牆上掄或是往地上摜，絕對不是愉快的體驗，哪怕對血條不算太大的傷害，心理卻會受到極度的創傷。

然而，萊因德會陷入如此貧窮狀態，準人瑞大概也明白，他大概想替小星星升星階。但有些材料必須要組團去副本親手打，而身為副本毒藥的召喚師通常也只能花錢當金主。

就說了，她對好爸爸特別沒辦法。所以她說，「別傻了，一星材料的副本能有多難？我們組隊就行了。」

萊因德啞然的看著她。召喚師和牧師。這打打雙人組競技沒問題，想打五人副本簡直感人至深。

畢竟小星星還小，持續力不足，很容易累，想撐完副本根本不成。召喚師本人的戰力催人淚下的低，力敏牧師的魚販子，靠的是磨死人不是高傷害。

最慘的是，完全沒有控場，裡面的怪物都是三五成群甚至會呼叫援助，只能被淒涼的海過去。

「我會控場。」準人瑞將無助呼救的萊因德拖入副本。

然後萊因德目瞪口呆的看到魚販子殘忍的將衝過來的哥布林往牆上一摜……果然控場了兩秒鐘。果然是魚大神，居然能將怪物掄牆到暈眩兩秒……精準的砸在後腦勺啊。

然後一面掄一面閃躲，將怪聚在一起，說，「龍躍！」

小星星一跳，這五隻怪物一起去了三分之一的血。然後在準人瑞冷靜的指揮下，用召喚師和牧師貧弱的攻擊力居然不算慢的吃掉了。

「很簡單對吧？」準人瑞說，「要害攻擊就對了。只要夠精準，就能打出出血效果。說真的，你很不錯，應該能夠跟團才對。你又不是那些垃圾召喚師。」

萊因德聳肩，「但不會有人給召喚師機會。其實我也試著跟召喚師組團……」他安靜了一下，一臉生無可戀的揮揮手，「我不想回憶那段慘烈。」

一開始還是有點驚險，畢竟不太熟悉，有幾次甚至得狂奔出副本才能避免滅團……

幸好身為制琴師的準人瑞能夠火速換琴，使用只有十五秒的疾行術。

但他們倆畢竟是幾十年遊戲的老骨灰，很快的度過磨合期，並且刷過了副本。

萊因德開心得大吼大叫，小星星也學著嗷嗷著亂噴火花。

準人瑞扶額。

她終於明白為何這傢伙能夠一入遊戲深似海的數十年不悔。這傢伙大概十二歲後心理就沒有成長過。

「我終於明白妳那麼凶悍卻是遊戲RL第一名了！」萊因德滿眼星星，「我看過妳的視頻妳知道嗎？妳簡直把人噴得想引頸自戮！我想想，是『帝國』吧？在打大君王的時候，哇靠，罵人的話像是自體生長的在螢幕洗頻啊！我到現在還是不明白怎麼能夠邊打字邊放技能都沒有問題，鍵盤不會卡嗎？……」

阻止了幾次都沒能阻止萊因德的聒噪，脾氣一直不太好的準人瑞將他往山壁一掄才讓他安靜。

「有滑鼠點技能。」看他又興奮起來，厲喝道，「閉嘴！」

但是萊因德總是安靜不了幾分鐘。不過他提的是別人的豐功偉業，準人瑞也就忍了。

很快的，終於把材料收齊，萊因德再次宣告破產後，終於將小星星升到二星，常態從一隻貓大小變成一隻杜賓的大小，戰鬥形態終於有點龍的樣子……有牛那麼大了。

可第二天萊因德羞赧的跟準人瑞借錢買裝備……不算很貴的力量布衣。

「為啥？」準人瑞掏錢給他，不解的問，「我記得召喚師依舊吃智力。」

萊因德憂鬱的嘆了口氣，「小星星。」

應召喚而來的小星星歡快的跳上了萊因德的肩膀，柔弱的萊因德立刻仆街。

準人瑞無言片刻，「快下來小星星，看你爹都讓你壓吐血了。」然後吟唱著治癒術保住龍爹的小命。

後來萊因德換上了新裝備，終於能把重量大增的小星星扛在肩膀上。只是覺得他欣慰的笑容，總有些不堪重荷的扭曲……讓準人瑞暗暗的捏把冷汗。

所以，萊因德說，「我和我兒子吵架了。」準人瑞立刻低頭看著睡在他懷裡的小星星，好一會兒才意識到他說的是現實生活裡的親生兒子。

此刻他們剛滅團了一群意圖清場的青少年，屍體還沒釋放靈魂呢。屍體雖然不能說話、不能密語，但是拚命的在當前頻道用文字洗頻。

雖然很可能立馬有大批人馬來復仇，但是在碧藍湖畔，她還是默默聽他傾訴了……即使他總是開了頭就停不下來。

於是她知道，萊因德的兒子比范余娟的兒子大兩歲，在他兒子十二歲時，他老婆忍受不了沒有愛的生活，毅然和他離婚……然後帶著兒子嫁給萊因德的上司。

到現在萊因德還在付前妻贍養費。

兒子常對他抱怨，都是他的錯。只埋首工作，忽略了他媽媽才導致家庭破碎。內疚的萊因德不知道如何彌補，只能塞錢給兒子。

但是兒子這回卻是要他說服他的「爸媽」，因為他想結婚。

可兒子還在讀研究所，尚未自立，這婚從何結起。而且女方要求房子、車子和大筆聘禮，不說繼父拒絕，他媽更不願意，連萊因德也被這復古到不行的要求震驚了。

於是大吵一架，最後兒子粗暴對他吼著「你不是我爸」，揚長而去。

「我想都是我的錯。」萊因德很沮喪，「我不該因為爸媽逼我結婚就結婚，還把個無辜的小生命帶來世上。他小時候不這樣的……」

準人瑞望著他，「所以，你外遇了？家暴了？賭博喝酒吸毒不賺錢養家？」

「不！」萊因德非常震驚，「我怎麼可能這麼不負責任？結婚後我每天玩遊戲不到兩個小時！園區工程師不是人幹的活妳不知道嗎？何況又有了孩子……養小孩是很忙的。」

準人瑞揉揉額頭，「我不懂，你錯在哪？沒人是完美的。小孩子不是天使，父母也不是神明。」

「或許是我不該答應離婚。」萊因德沒什麼底氣的說。

「人家都把下家找好了，你不離幹嘛？抱著老婆的腿哭？」準人瑞笑了一聲，很冰冷理智的說，「十歲的孩子就能選擇跟老爸還是老媽生活吧？他選了你前妻，不是你。」

「妳幹嘛說這種扎心的大實話?!」萊因德帶著鼻音吼。

「沒辦法，我就是誠實女士。」準人瑞聳聳肩，「而且我要提醒你，他已經成年了。過去已經過去，你不能為他做什麼。成年子女想從父母這兒獲得房子車子銀子，我建議還是等遺產。」

「不然你是害他。成年子女不滾出家門吃苦奮鬥，莫非你希望他們永遠趴在你身上吸血嗎？你不可能永遠活著，我們會老會死，說不定還有意外。他們得先學會用自己的一雙手。」

萊因德瞪大眼睛，吃驚的看著她，「喔天啊，妳兒子對妳怎麼了？妳是遭了多少罪才有這樣冷酷的大徹大悟？愛呢？親愛的魚，愛呢？父母子女間的愛呢？」

「愛是雙向的。」準人瑞起身，從包包裡掏出魯特琴，「快站起來，現在愛不能拯救我們，雙腿才能……快跑啊！」

烏壓壓的人群已經舉著刀槍弓箭法杖衝過來了。

最後疾行術還是不足以拯救他們，必須跳湖逃生……畢竟看起來很靜謐美好的碧湖底下滿滿的食人魚，他們能水遁靠的是小星星的龍威，對方可沒半個養龍的。

只是湖面太大，他們差點力竭淹死，還是小星星活拖死拽將他們拽上岸。

談心真是個技術活。準人瑞感慨。尤其要慎選時間地點才行。

他們倆躺在岸邊草地喘氣。天空很藍，白雲慢悠悠的滑過，小小的野花搖曳著。

「……他曾是我的小星星。」萊因德有些哽咽的說。

準人瑞嘆了口氣。「所以你現在又有了個小星星。」

聽到自己的名字，小星星將頭塞在萊因德的肩窩。要不是太累，準人瑞真想走開……盯著人哭實在很不禮貌，萊因德又太真性情。

她能做的也只是將臉轉開。

其實，走過那麼多世界，她就沒見到哪個世界認真將家庭關係納入教育系統。學校不教，一代代的家庭功能越來越退化，惡性循環。

其實沒人天生會當父母。然而社會對父母的要求也讓人無所適從，再好也不夠好，再壞，也能被原諒。

這還有點邏輯嗎？結果就是父母子女都受罪。

總覺得，人類文明進化的道路實在還很漫長，無比漫長。

雖然之後萊因德再也沒跟她提過現實的事，但準人瑞對他的容忍度的確提高很多。現在他怎麼喋喋不休，準人瑞都能淡定以對了。

因為現在的萊因德面臨更嚴峻的考驗。

小星星升成二星階了。重量和力量大增，戰鬥形態有頭牛那麼大，而且，他不太會控制力道。

萊因德正在費力的訓練他控制力，結果令人鼻酸。

現在他就被撲過來的小星星撞出去，慘叫著化成天邊一顆星……真的摔死化成白光了。

她決定去重生點等他，畢竟目測重生點比較近。

黑貓歸來的時候，只見一隻六條腿的巨鱷張大了嘴撲過來。他條件反射的一巴掌拍飛了那隻宛如卡車的巨鱷。

場面非常混亂，等塵埃落定，羅的血只剩下六十八滴，另一個鬍子大叔九十八滴，長了翅膀的蜥蜴剩一百九十六滴血。

可以說，若不是玄尊者時機巧妙的歸來，小星星戰隊應該要慘遭滅團了。

這不算事。真正算事兒的，是羅的積分起碼去了一半。黑貓覺得自己的腦袋嗡嗡響。

「羅！」他咆哮，「妳說說這積分是怎麼回事?!」

準人瑞沒什麼誠意的安撫他，「還夠死兩次的，不要緊張。」

「趕緊退出遊戲啊!!妳為何不懂何謂止損!?如果真想玩，走旅遊路線不好嗎?!」

準人瑞的回答異常簡潔，「我不。」

黑貓氣炸。

偏這時候萊因德驚訝，「史詩級的稀有戰寵啊！之前怎麼不放出來？我還以為妳懶得玩戰寵所以沒養呢。」

「呃，」準人瑞不想說謊，只好春秋筆法，「戰寵任務。之前他做任務去了。」

「戰寵也有自己的任務？」萊因德好奇，友善的蹲下，伸手給黑貓，「來來來，咪咪來……好可愛的格子貓啊！」

已然暴怒的黑貓腦筋斷線，啊嗚一下咬住了萊因德的手。

阻止不及的準人瑞話才出口，「別……」萊因德已經慘叫得不忍卒睹。她只能掐住黑貓的後頸，心電感應的說，「玄尊者，在沒有痛感的全息網遊，你咬人卻會疼……」

這宛如潑了桶冷水，讓黑貓立即鬆口。他可不覺得此間天道會視若無睹。

萊因德倒退好幾步，瞪著自己手上的咬傷，又瞪著炸毛的格子貓，「這是，為什麼？為什麼會、會……」會疼？

「因為他是伺服器唯一的、無上奧妙的黑貓。」準人瑞臉不紅心不跳的說。

「明明是格子……」嘀咕到一半的萊因德，看著格子貓更炸毛，眼睛只剩一線瞳孔的凌厲，默默的嚥下去，「是黑貓。」

至於原本非常霸氣，生物鏈頂端、擁有龍威的小星星，此刻瑟縮趴在萊因德的肩膀上，抱著他爹的腦袋拚命發抖。

「小星星你冷靜點，你爹的血崩得跟瀑布一樣。」準人瑞一面補血一面無奈的說。

瀏覽完他不在時的任務進程，黑貓從牙縫擠字，「羅，咱們談談。」

準人瑞淡定的和萊因德告別，按下回城卷回到在榮耀之路的家。這是個帶著院子的小樓，整體就跟「房間」裁剪下來似的。

他們都在院子的葡萄架下坐好，捧著熱騰騰的紅茶，微風輕拂過草地上零星的虞美人，黑貓的氣早消了。

「我才去了一年。一年！」黑貓控訴的看著她，「然後妳卻折騰掉那麼多積分！什麼戰隊的，別這麼玩！那傢伙超不靠譜啊！……他跟任務一點關係也沒有，妳若願意幫助他，為什麼不拿出一半耐心對待任務目標？」

準人瑞卻也說不出真正的為什麼。不只一次她覺得這父子就是對喜憨兒，聒噪吵鬧，往往讓人扶額無言，偶爾忍不住還會將他們掄牆。

「跟他們一起愉快，跟那便宜兒子，很不愉快。」準人瑞異常坦白。

黑貓捂著胸口，心灰意冷的想來一頓救心丹・皇改・極。

「……羅，這是任務。任務當然也有不愉快的時候。」黑貓苦口婆心的勸著。

準人瑞鬱鬱的答應了。每天寫封e-mail給便宜兒子問候，當然還在跟老媽嘔氣的熊孩子不會回信。

她愉快的跟黑貓說，「瞧，是他不回信，與我無關。」依舊白天運動養生閱讀，下午上線和小星星戰隊鬼混的生活。

黑貓不滿，很不滿。可不滿也沒用，準人瑞一隻手能把他掄牆千萬遍。他只能將怒氣轉到來找碴的小渾球們，使得原本有些遲滯的戰績立刻蒸蒸日上。

贏得隊友含羅在內的一致讚揚，可他根本不希罕理他們。

可是吧，夜路走多了總會遇到鬼，競技場打多了總會遇到熟人。

於是在某個風和日麗的午後，撞上了便宜兒子范淵和一個叫做「靜靜涵夢」的德魯伊。

「……妳在這兒做什麼？」范淵對著準人瑞大吼。

但是不知道他們的愛恨糾葛的萊因德和小星星撲上去消滅了德魯伊。第一時間殺補師是鐵則，真的不能怪他們。

「不！」范淵悲呼，然後心神大亂的被萊因德和小星星撲殺。

……我還來不及說話呢。準人瑞默默的看著便宜兒子仆街。

結束了這場後，她才無奈的說，「那是我兒子。」

萊因德尷尬了，「……抱歉。」

「拜託，既然上場了就要全力以赴。你們也動手得太快，結果我就是來混分數的。」

「噓噓，我懂，我懂。」萊因德安慰的拍拍她的肩膀，「將心比心……遇到我兒子的話，就算完勝，心情也會很複雜，我懂的。」

然後他就一個踉蹌，被推得撞牆。像是大怒神似的范淵動完手還嗆聲，「老小子想幹嘛？離她遠點！」

小星星暴怒的攔在前面，立刻化作戰鬥形態，露出獠牙，隱隱有火光冒出。

「喂，我才想問你幹嘛呢。」準人瑞冰冷的說，「有沒有點禮貌？你媽是這麼教你的？」

「大家都冷靜好嗎？」萊因德費力的控制住光火的小星星，「誤會啦，我跟魚販子認識很多年了……我是你媽的朋友。」他伸出手，想著一握泯恩仇。

范淵將他的手打開，「我媽才沒有朋友！」

這句讓準人瑞炸了。她迅雷不及掩耳的拎住范淵，往牆上一掄，掄完揪著他前襟，在耳邊輕語，「你媽沒有朋友是誰害的？居然好意思拿來說嘴！」

她能夠明白小孩子害怕失去母親的恐懼。所以無理取鬧的隔絕所有男性靠近自己母親，害怕他們成為自己的後爹。隔絕所有女性，害怕這些女人會給他媽介紹後爹。

范余娟也懂，所以她沒有責備過孩子，過著和所有人疏離的生活。

準人瑞當然覺得范余娟有錯，而且是大錯。她早該在熊孩子用惡作劇和賤嘴趕開身邊的朋友時，就該下死手將他狠狠電到懂事。屈從大腦都沒發育好的小孩子是哪招？

然後大腦發育完全的成年兒子現在來嘲諷她沒有朋友。

在她終於感覺到痛，理智清醒過來時，她已經掐著便宜兒子的脖子，大半個身子都在二十四樓的陽台外了。

咬著她小腿的黑貓嚇得連心電感應都要結巴，「別別別別呀！別弒子，羅！」

「不過是遊戲，天道不會罰我。」她很冷靜的回答。

「別這樣，羅。」黑貓哭了，「別跨越那條線。妳現在就是，范余娟。」

準人瑞努力的喘了幾口氣，勉強憋住那股洶湧狂暴的怒火，將半暈的范淵拖上來，六秒脫離戰鬥後就下線了。

清醒後，她一言不發。黑貓哆哆嗦嗦的看著她。

然後準人瑞站起身，穿上跑步鞋，提了背包就出門。黑貓很想提醒她，她還穿著睡衣呢……看著她表面平靜實則危險的臉龐，還是吞下話默默跟在後面。

反正睡衣是件長到膝蓋彎的T恤，也不是很像睡衣嘛。

黑貓自欺欺人的安慰自己。

黑貓默默的跟著準人瑞慢跑過大半個南區。

雖然所在的城市算是很小，但是規劃和大城市沒什麼兩樣。高聳如山的大樓，空出來的大片安全島、小公園。道路像是行走在峽谷中，直接日照不多，風大。

空氣不算太好，天空也有點暈黃。但也還是健康範圍內，很少有紫爆警報。

此間的環保不叫做環保，叫做「種族自救」。光這點就讓準人瑞感到此間世界最少相當誠實並且務實。

坦白說，地球不需要人類拯救。因為地球的開始和結束可能跟人類都無關。生命的開始和結束於地球也無意義。

破壞生態對人類而言，也只是縮短人類這種族的時限。再多好聽並且崇高的口號也不過是，人類繼續破壞環境就得提早滅絕種族了，所以必須自救。

所以她並不討厭這個誠實的世界。

停下來休息時，暈黃的月亮懸在樹梢，果然，有點兒像檸檬……檸檬切片。

小心翼翼跳到行道椅，觀察羅真的平靜下來，黑貓說，「羅，咱們談談吧。」

「好像咱們談談總是你被呼悠瘸了？」準人瑞嘲笑。

「呿。」黑貓唾棄，「羅，別想轉移話題。是的，妳和范余娟有些地方很相像……但妳終究不是她。不要為她亂發火。」

「剛你還說我就是她呢，現在又這麼說，自己不會混亂嗎？」準人瑞嗤笑一聲。

黑貓啞然片刻，「這是他們母子的問題。范淵雖然可惡，但是范余娟也不是全然無辜。妳不要太討厭范淵，這不公平。」

「我又不是天道，並不需要考慮公平。」準人瑞淡淡的說，「是啊，我能明白，范淵沒有什麼大錯，但范余娟也沒有不對。說穿了就是母子的情感頻道不在同一個，簡單說就是個性不合。」

「范余娟的情感太內斂，實在沒辦法抱著孩子親親說愛你小寶貝，也不會說睡前故事這類實在太蠢的事，她甚至不會教小孩。范淵卻希望自己擁有別人家庭有的一切，就像教科書般規範的『美好家庭』、『完美母親』。」

「我懂。但是，我終究基底是個老太太，是人家的母親和祖媽。我感同身受，自然會站在范余娟這一邊。注意，我曾給那死小鬼許多機會，從來沒有真的關上門。如果他希望我能哄他，那別傻了。」

「我不會那麼做。抱歉我就是個偏心任性的老太太。」

黑貓捂臉半晌，自暴自棄的吼，「都是妳兒孫寵壞了妳！妳就是個被寵壞的祖宗！」

準人瑞卻沉默良久。黑貓抬頭，卻看到她陷入一種，溫柔的惆悵。

「……他們倆都比我早走。」她頹下肩膀，「但是直到他們走了，我雖然悲傷，卻也暗暗鬆了口氣。他們都是，一輩子堂堂正正的好人。其實我，不適合當母親。」

在檸檬色的月光下，準人瑞似乎，沁滿悲傷。

她驀然站起來，轉身慢慢的跑上小路，浸入滿滿的、寂寞的月光。

那天她沒再上線，而是美美的睡了一覺，一夜無夢，醒來神清氣爽。

然後她才發現手機滿滿的短訊洗頻。

這是個很有趣的APP，可以視為榮耀之路專屬的line。只要是榮耀之路加了好友，就能從遊戲裡傳到手機，或是手機互傳。

她在榮耀之路只有一個好友，二貨龍爹萊因德。

所以她回了短訊，簡單的說，「沒事。」甚至加了個笑臉符號。萊因德火速回了個笑臉符號，終於不至於洗爆她的手機。

上線後，萊因德有些笨拙的說，「小孩子總是腦子不太健全，大人必須包容……不然早氣死了……哇啊～」

撲上來撒嬌的小星星將他頂飛了五公尺。

「……有進步。」準人瑞淡定的替去掉半條命的萊因德補血，暗暗心電感應，「玄尊者，將嘴巴閉起萊，不然要流口水了。」

「我好像知道為什麼妳愛跟他們鬼混。」黑貓悶悶的回答，「生活總是需要有些驚奇。」

「友誼。是友誼。」

「……」妳能收起看待喜憨兒般的憐愛眼神，我就相信是友誼。黑貓默默的想。

原本以為到此為止，但是這世界的孩子真是超越她的想像。

某天早上，她提著一大籃菜，半路上就讓個年輕人堵住了。

漂亮英俊，身材高挑，開著一輛可以買棟樓的豪車，熱情友善的想載她回家。

你是不是傻？還是以為我是真傻？要不是加強檢索顯示了這是萊因德的兒子秦祥麟，她就將他拍扁在旁邊的牆上好嗎？

用把妹的招數招呼老太太，怎麼看都像變態殺人狂。這孩子腦殼下真有腦漿嗎？

「孩子，這裡是紅線。」看在萊因德的份上，她善意提醒，「五分鐘後就會被鎖死等待拖吊。」

此界的交通警察是分外有效率的。

「范太太！」秦祥麟急著喊，「我真的有點事想跟妳談談！」

能跟我談什麼？準人瑞狐疑。本來不想理他……結果驚駭的發現，他居然是那個女主靜靜的男一。

這麼多任務世界，她真的很少能和平的和改版男主面對面。考慮了幾秒，她同意……在一百公尺遠的速食店跟他談談。

坐在嘈雜的速食店，明顯感覺逼格不夠的秦祥麟一臉尷尬，裝著的逼也搖搖欲墜。

準人瑞想笑，稚嫩的像是剛破殼的小雞，卻意圖撐起優雅和格調，實在是很難不笑。

這小破孩的意圖很簡單，不管言語裝飾的多麼華美，就是想告訴準人瑞，跟他爸萊因德談談戀愛無所謂，但是結婚太複雜也不可能，希望她能尊重孩子們的願望。

準人瑞真是啼笑皆非。在他開口之前，她已經隱密的按下手機的錄音。原以為秦祥麟要跟她談男一男二和女主間的情愛糾葛，誰知道居然是子虛烏有的屁事。

「等等等等。」準人瑞無奈，「你是否誤會什麼？我跟萊因德還沒見過面呢。」

「快了。」秦祥麟微笑，「從虛擬到現實，通常都是從手機開始。我爸可沒有一整天給人撥手機的習慣。」

孩子，臉上笑著，手卻握拳是哪招？果然是小破孩。

「首先，你能安心一下下，我對萊因德沒有意思，我們就只是朋友。第二，」她睥睨的看著秦祥麟，「你爸想跟誰談戀愛結婚，那都是他的權力。就算你們有血緣關係，他還是個成年人。」

她有些興趣缺缺的將自己那杯咖啡的錢擺在桌上，提起菜籃。

「等等！」秦祥麟扯住了籃子，「妳要多少錢？」

準人瑞真的笑了，無奈，感到無窮的荒謬。「你覺得你爸爸能賣多少？我理解，畢竟你爸只有你一個孩子，你繼父也只有你一個孩子。為了錢你也不想你爸再婚。」

她終於沒忍住變色，「垃圾。」

將他的手臂一扭，然後猛然的將他的臉壓在桌子上。秦祥麟慘叫了一聲，忍住痛吼，「羞不羞恥？都這麼老了還想著結婚？還不是看上我爸的錢？妳不替自己想也替深淵想想？」

真是令人失望的男一。她就覺得奇怪，改版中那個高富帥聰明智慧家財萬貫的男一，為啥成天泡在遊戲裡當「大神」，哪家研究所這麼清閒……從來沒見過他去上學，居然能名列前茅，這真是太神了。

改版作家的智商和邏輯真是太令人絕望。

「特麼的滾。」她猛然壓了手，秦祥麟更慘叫一聲，「再來煩我就不是這麼簡單了。」

然後她提起菜籃離開。

當然，她還是被警察傳去做筆錄。之所以沒將他掄牆幾百遍，就是因為眾目睽睽光天化日之下不好實現。她敢動手自然是力道把握的很好，並且那小破孩拉住她的菜籃不放，有搶劫的嫌疑。

好了，都是誤會，她也願意大方原諒那小破孩。

於是調解成功，除了秦祥麟異常不滿，大家都很和平的接受這個結果。

「頭痛了吧？誰讓妳發那麼大的火還動手！」黑貓端著托盤過來，上頭有著藥和水，「別以為妳很健康！」

強撐著從警局回家就垮成一堆的準人瑞捧著頭，吃了藥後呻吟，「別念了，我頭疼。」

黑貓強忍著不說話，卻見她虛弱的拿起手機，將秦祥麟的語音檔一刀未剪的直接寄給了萊因德。

「我、我以為妳會保護喜憨兒的脆弱心靈，將這事兒瞞起來呢……」黑貓瞪大眼睛。

「為啥？」準人瑞納悶，「我跟他兒子起衝突當然要讓他知道實情。不然友誼的小船豈不是說翻就翻？」

黑貓被問住了，「呃……我也不知道。我以為是你們文化圈的風俗習慣呢。總是為某人好然後隱瞞實情導致一連串的誤會什麼的。」

「快忘掉這種愚蠢的情節，省得你也變蠢！」準人瑞被自己太大的聲音搞得頭更疼，「坦誠才是人際關係最好良方。」

「那妳怎麼不寄給你兒子？」黑貓不解，「他們是同個戰隊的，都在競爭同一個女主角。」

「想聽實話？」準人瑞捂著額頭。

「那當然！」

「因為那熊孩子不是我的朋友。」準人瑞笑得一整個幸災樂禍。

果然腦袋還是有顆不定時炸彈，不能隨便發脾氣。

是的，那個小破孩真的讓她動怒了。

她承認，自己總是喜歡想太多。有些看似定則的鐵律也會再三思考。像是家庭、父母子女、親屬等等關係。

父母的責任義務非常明確，將孩子生下來就要盡力的將他們扶養成人。過程中最好性格相合、彼此喜歡。萬一不幸個性真的不合，但也能保持禮貌盡量容忍。長大以後的孩子就該離開家，獨立自主。或者成立家庭，或者不，但這是他們的選擇，父母應該尊重並且放手。

父母子女只是同行一段人生路的夥伴，最終還是要走向各自不同的方向。

她是這麼想，也是這麼幹。

所以她實在不能明白，其他人為什麼總是希望能夠控制孩子一輩子。催著他們結婚，催著他們生子，然後孩子忙著小家庭的時候，開始悲傷孤獨寂寞冷。

這不是廢話？誰每天都是二十四小時好嗎？求仁得仁有什麼好悲傷的？

再者，既然已經完成了養兒育女的大業，為什麼不能夠開心的過自己想過的生活？

她真的不懂。

可反過來，子女也像是永遠不會斷奶似的想要情感勒索父母，她也不能明白了。她還是羅清河的時候，有個六十二歲的朋友想再婚，被她的兒女罵得狗血淋頭，說她孫子都要上大學了，還想跟男人上床，不要臉什麼的。

最後他們倆差點淨身出戶才結成了婚。也沒見哪個孩子孝順養他們終老，一直都是他們倆老相互扶持。

這算什麼？任何人格獨立的成年人都應該有獨立處理情感和婚姻的權利。當父母的被教育不能棒打鴛鴦，為什麼當子女的能夠插手父母的情感？

年紀大了就沒人權了？

她和萊因德的確只是單純的朋友。但是想不想再婚跟能不能再婚大不相同。那小破孩真第一時間惹毛了她，逼她久久不出的護短冒了出來。

黑貓張嘴卻啞然，半天才疲倦的說，「羅，妳、妳的想法也不算錯……但是家庭關係據我所知並不是那麼簡單。」

「所以我才不懂，為什麼這麼簡單的事情非要搞得那麼複雜。」準人瑞捧著頭抱怨，「理智點不好嗎？人人都要感情用事，最後還不是被利益打敗。其實最簡單回歸純粹親情的方法就是，父母不再給小孩留下遺產，通通回饋社會捐掉了事。」

「羅不要異想天開。」黑貓無奈，「妳也沒這麼幹啊。」

「那是因為我死得太快。」準人瑞任性的說。

準人瑞明白這種格格不入應該是她自己的問題，她也沒想要別人照她的想法做。所以隔天只是默默的看著異常難過消沉的萊因德。

「……非常抱歉。」萊因德低聲說。

「又不是你對我說那些屁話，有什麼好道歉的？」準人瑞有些不耐，「你是你，他是他，你們是兩個人好不好？」

結果低沉了幾天的萊因德，上線時像是吃了炸藥。

原因是秦祥麟的繼父寄了一個影像檔給他。至於內容，準人瑞沒看到，但是應該很錐心。

「我在他眼裡，只是個枯燥、無趣、無能，只會巴結他的廢物。」萊因德怒火中燒，「有兩個爸爸居然是他拿來討女孩子同情心的素材，好值得說嘴！我呸！那手操作還妄想當職業的？他還是砍掉重練吧！……」

黑貓同情的看著語無倫次的萊因德，悄悄的對準人瑞說，「繼父大人的諜報工作厲害，是多段影片精華剪輯呢！要看嗎？我可以弄到喔！」

「不用。我大概知道是什麼了。」準人瑞嘆息。很多剛成年的孩子總是要來這麼一段，鄙視年華不再的父母，總覺得他們單調乏味又無知。

「……所以我們讓他們瞧瞧什麼才是職業級吧！」萊因德憤怒又激情無限的說道。

「哈?!」準人瑞懵了。她是否漏聽了什麼，才會有這麼奇葩的結論？

總之，暴怒的萊因德準備狙擊參加挑戰賽的「戰狼戰隊」，不管怎麼樣都要將他兒子的戰隊刷下來。

「等等！冷靜點！」準人瑞覺得問題開始嚴重了，「我們只有兩個人！戰隊要五人，並且要有兩人候補，最少要七個人啊！」

「雇人就行了，反正都是擺設。」他非常豪氣的一擺手，「能用錢解決的問題都不是問題！不要畏縮，魚販子！讓他們瞧瞧我們中年人的志氣！不要當爹媽的人不是東西！」

他和小星星一起指著天空呼喊，非常激情看起來也超級傻。

準人瑞和黑貓一起目瞪口呆，齊齊湧起一股濃濃的不祥感。

然後萊因德就發瘋了。

他一直堅持老骨灰的格調，寧可餓死也不買遊戲幣。但是突然大批購買榮耀幣，要知道榮耀幣的幣值跟現實貨幣幾乎是一比一。

「萊因德別瘋了！」準人瑞阻止他。

他眼神卻很堅毅，「沒事的。墓地、葬禮、健康保險、養老院……這些錢我都準備好了，甚至安樂死的錢都留下。放心，又不是建立戰隊俱樂部，這麼點錢不算什麼。」

萊因德吐出一口氣，「這些都是我自己賺的錢，我想要活著的時候愉快的使用。現在，就是我最愉快的用法。」

「爽完就死嗎？」準人瑞嚴肅的看著他。「預留安樂死費用」讓人很不安，雖然她知道此界安樂死是合法的。

「別傻了。」萊因德發笑，「這世界美好的事情那麼多……為什麼我要為個狼崽子去死？」他的笑容有點扭曲，因為剛升級為三星的小星星跳上他的肩膀……堅持了一分鐘他還是倒地了。

三星階的小星星有隻小牛寶寶那麼大，難為他顫顫巍巍的站在他爹肩膀上，可惜他爹還沒換上力量裝備好撐起他。

「你還是先把裝備準備好再幫小星星升階吧。」準人瑞憐憫的說，一面刷著各級治癒術。

然後她也見到了戰隊另外五個成員。清一色的……召喚師。

「……我不懂。」看著他們兩隻戰寵以上就手忙腳亂，這樣的隊友真不是對面派來的嗎？「他們有什麼用？」

「他們只需要將戰寵五隻召滿，自動攻擊，站在那兒等死就行了。這就是他們團戰時的功能。」萊因德非常樂觀的說，「然後我們就能收割對方的人頭了。」

這是何等天真的想法。

大概是準人瑞的眼神太鄙夷，好像隨時要放棄治療，萊因德趕緊說，「別別，不要覺得不可能好吧？挑戰賽的賽程有兩種，第一個是雙人組，第二個是五人組。雙人組我們是不可能輸的，關鍵是五人組團賽。」

「對面只有五個人，拜託。戰寵？別鬧了，我們有小星星，還有妳的格子貓。對面就算帶不死鳥或鳳凰都沒用啊！」

準人瑞肩膀一疼，被觸碰到心靈傷口的玄尊者，面目猙獰的也用爪子在她肩膀上製造傷口。

「你為什麼不抓他？又不是我說的！」

「我想。但我不能。」黑貓咬牙切齒。「我是守法的大道之初一員。」

準人瑞一默。畢竟黑貓落到格子貓的地步，她終究有不可推卸的責任，所以默默忍了。

只是萊因德一擲千金的大換裝，黑貓差點將眼睛瞪出來。

「羅，難怪妳會把積分給耗掉一半多。」黑貓不可思議的說，「之前你們根本就是裸體上陣吧？」

準人瑞呵呵兩聲，「其實，競技場還沒死過。」

黑貓滿腦袋問號。

「就是，打了幾次架。」準人瑞含蓄的說，「有個小白目硬要買小星星，那怎麼可能……小白目揚言要見萊因德一次殺一次。嗯，我們讓他改變了主意……畢竟他掉了好幾級。」

「羅。」黑貓逼視她。

「他的保鏢比較多。」準人瑞辯解，「難免也會馬有失蹄時。」

黑貓揮手不讓她再說，「妳跟我發誓，再不這麼做。」

「放心吧，」準人瑞笑容燦爛，「王都百里內大約沒人敢跟我們動手了。」

這讓黑貓有股強烈的不祥感。他顫顫的搜尋……發現羅和喜憨兒在京畿赫赫有名，是為「剝皮雙煞」。因為他們總是喜歡凌遲為樂，不給人痛快死（其實只是單純攻擊力不足）。

多麼充滿土匪氣息，儼然一對雌雄大盜。

「好歹顧及一下咱們大道之初的榮譽呀！」黑貓掩面。

「綽號又不是我取的，這個鍋我不背。」準人瑞決然的說。

「…………」

挑戰賽報名非常熱烈，即使要計入競技場勝率，還是有幾萬戰隊報名。明明同時有上萬個戰隊在比賽，但是小星星戰隊的觀戰區還是第一時間滿了……卻都是為他們的敵方加油。

「你們這個人緣……羅，妳老實說，你們到底做了什麼？」黑貓的頭都疼了。

「其實我真不知道。競技場打贏太多人？還是打了幾次群架將幾個城捲進去？不想加入任一公會？還是人想清場我們反而清了他們？……」

「行了行了，我不要聽。」黑貓泫然欲泣，「拜託不要死。貸款需要Boss簽名……我不覺得他會簽。」

「說起來不該將他掄牆……一次。應該多掄幾次才對。」準人瑞懊悔。

「閉嘴！」黑貓憤怒了。

不知道是對面太業餘，還是黑貓太憤怒。雙人組時只靠小星星和黑貓就滅了對方。五人組時才輪到準人瑞補刀，腿短的萊因德還沒趕上。

萊因德大聲歡呼，遞了幾顆魔法寶石慰勞小星星，並且掏出一條烤魚想給「格子咪咪」。

然後他就讓黑貓撓了一爪子，被氣勢洶洶的黑貓追得跑了半個王城。

後來準人瑞才發現，被萊因德雇用的五個隊友，其實都是他的屬下。有的還在職，有的已經提前退休。

萊因德可能在網路上有點二，但現實中卻是個朋友無敵多的人。所以他登高一呼，一堆人湧上來讓他選，他也很喜憨的以職業選了這麼清一色的召喚師出來。

玩得都很平庸，裝備也一般。萊因德本來就是讓他們湊數用的，但是每次團練都會乖乖出現站崗，即使遲到也會再三道歉。

準人瑞覺得還能搶救一下。

「……我不認為。」萊因德有點尷尬，「他們幾乎都是頭回玩網遊……是政府強推醫療器材才進來的。」

「那正好。」準人瑞微微笑了笑，「我可以說服他們只是時空穿越。」

不。萊因德其實要嚇死了。魚販子一直很凶，無敵凶。他這麼行都得小心翼翼不觸犯她的逆鱗，何況是一群菜鳥？都是他的朋友，夾在中間他左右為難……而且罵跑了就來不及找新人……都報上去了！

但是出乎他意料之外的是，魚販子出奇的有耐性，並且善於激勵人。而且對菜鳥的要求，非常的低，並且簡單。

她帶著五個召喚師去蹲點捕捉戰寵，並且讓每個召喚師的戰寵都是單一品種。這種單一品種的戰寵群曾經很流行，但是總有致命缺點容易攻克才漸漸消失。

比如說，五隻戰寵都是狼，那麼會競爭出一隻狼王。召喚師只需要指揮狼王，其他的狼也會跟從狩獵。不管是飛禽走獸都能比照辦理。

但是缺點也很致命。第一線的狼王血量也是很抱歉的，只要消滅了王獸，其他的戰寵會一轟而散，陷入慌亂，召喚師只能無助的GG。

可向來「不要召喚」的榮耀之路，從來沒有召喚師組團打挑戰賽。陸空聯合作戰的想法也從未有人實現。

她對召喚師的要求也很簡單，訓練也很機械。只要求他們在準人瑞喊出「注意」時，指揮王獸撲向她飛鏢投擲的目標，並且立刻換成魯特琴疾行逃跑，活得越久越好。

簡單說，指哪打哪，毫無猶豫和畏懼，這就是她對他們所有的期望。

被十五頭戰寵淹過去，她不信還有誰能生還。當場能削減敵方一員，她和萊因德壓力就減少很多。

的確，這套戰術在進入千組挑戰賽後登場，簡直震驚全球。這個職業普遍被認為單一得相當奇葩的小星星戰隊，初試啼音就響徹雲霄。

萊因德的下巴都快被嚇掉了。

「這沒有什麼好不好？」準人瑞真不覺得什麼，「來，把這訪問題都給填了。」

萊因德二話不說就開始填，「是哪家媒體的訪問？咦，問得太深了吧？現實的資料我不太想……」

「我沒畫星號的可答可不答。」準人瑞交疊手指，慈愛的看著他，「我不相信媒體，所以非把媒體權緊緊的握在自己手中。」

萊因德一臉迷惘，然後看著準人瑞又將訪問卷一個個的交到其他隊友手中。

然後第三天，他就看到小星星戰隊的官方網站和臉書堂堂出世了。

公認湊數卻一鳴驚人的三召喚，居然是平均年紀五十以上，從來沒有玩過網遊的菜鳥，已經夠讓人震驚了，結果只有更震驚，沒有最震驚。

首席召喚師，擁有三星龍的萊因德，同時也擁有將近半世紀、異常豐富的遊戲經歷。而且他還是某手機大廠的軟體總監，已經高齡六十二了。

另一個神祕的，剝皮魔牧師，遊戲經歷同樣豐富。如她曾有的暱稱一般，殺魚殺了半輩子，是個退休的小魚販。

這兩人在網路遊戲裡一直都是民間有名的大神級人物。

所有的人物肖像都由準人瑞親筆所繪。畢竟她曾經用繪圖板畫過千奇百怪虐殺圖，可謂駕輕就熟。

……雖然黑貓覺得相當有殺氣並毛骨悚然，但是在網路上卻好評如潮。

不管怎麼樣，可說是相當平實的官方網站瀏覽人次飛般瘋漲，論壇也瞬間蓋起高樓大廈。

意外的是，當中有不少六、七十以上的後中年登錄留言。畢竟，魚販子和三角函數代表了他們那代的青少年時光與回憶。

在如夢般網遊世界裡，由於種種緣故所以掉隊、遠離，將之壓在記憶的最底層。

但是從來不是湮沒、遺忘。只是生活和現實的重壓逼迫著不再想起。

當然，會達成這樣狂熱的結果，準人瑞充滿煽情和魅惑的文筆完全功不可沒。

她投下伏筆和魚餌，誘惑著媒體自投羅網，幫他們將往事描繪得更栩栩如生，甚至加油添醋。

只要舉國若狂的挑戰賽裡，小星星戰隊的成績越優異，媒體就越不能放棄。

準人瑞承認，她就是個小心眼又記仇的混帳東西。

就是要讓那兩個便宜兒子知道，他們還真不算什麼。

比較起他們「又土又囉唆又無知」的父親或母親來說，什麼都不是。

他們不知道的她或他，曾經有過如何不為人知，燦爛的過去。

是的，他們不知道。

真想看看他們被又土又囉唆又無知的爸爸或媽媽超車的表情，那肯定是相當有趣。

在改版中，戰狼戰隊崛起於挑戰賽，堅苦卓絕的擊敗幾個從職業聯賽淘汰出來的前職業戰隊，以及背景雄厚、資金也非常雄厚的新興戰隊。

當然，當中並沒有小星星戰隊。

之前新聞炒得沸沸揚揚，其實這群菁英不在意。只有小公主靜靜半開玩笑的說，萬一要對壘時，看在伯父伯母年紀那麼大的份上，還是要溫柔點。

要知道，戰狼其實就是公主與騎士團的組合。即使在公主面前會硬繃住風度和氣質顯得和樂融融，底下暗潮洶湧可是沒停過。

順著公主殿下的玩笑，已經有人恭賀秦祥麟與范淵即將成為真正的兄弟，卻沒有仔細思考騎士團其實早就是表兄弟的親密關係。

秦祥麟和范淵表面溫和的笑著，私底下已經快將牙咬碎了。

在沒人看到的地方打了一架，最終實力接近同歸於盡。打這一架的起因也很無厘頭，秦祥麟問范淵的媽還要不要點臉，為了錢硬巴著他老爸，范淵二話不說往他的臉砸了過去。

還沒對戰就分崩離析，差點就沒能晉升百強。還是靜靜發現情形不對，淚流滿面的泣訴，並且強灌心靈雞湯，為了心愛的公主這才都消停了。

跟秦祥麟打過架後，范淵遲疑許久，還是打電話給他媽了。

準人瑞接到電話真是分外詫異。

自從放牛吃草後，這孩子的成績節節上升。畢竟不給生活費這樣的核武還是異常有威力。

不過生活應該過得很緊張……跟其他成天泡在遊戲裡的同儕相比，必須把成績顧好又得趕上其他騎士團成員的等級並不容易。

然後這孩子僵硬的跟她寒暄。什麼天氣新聞有的沒的無意義寒暄了五分鐘。

「嗯，」準人瑞不忍心，「我記得我們好像是母子，有話應該可以直說，不必客套的。」

范淵安靜了好一會兒，準人瑞都以為他斷線了，他開口時有些哽咽，「我、我準備放棄繼承權。這樣妳跟他結婚的阻礙，應該就比較少。」

「……你說什麼?!」準人瑞覺得她聽錯了，或者那熊孩子腦筋搭錯線了。

「秦祥麟那混蛋反對，不就是因為錢嗎？我放棄繼承權，那應該就沒事了。」范淵有些哭音，「我、我已經成年了。我會去助學貸款，而且我也能自己賺錢……」

「從遊戲賺錢嗎？」準人瑞笑，無奈的，「不可能的。你的天賦不在遊戲。」

「……妳什麼意思?!為什麼總是這樣？為什麼妳總是要在我的夢想上潑冷水?!」范淵暴怒了。

「這真是你的夢想嗎？」準人瑞淡然，「還是那個女孩才是你的夢想？但那女孩的夢想是你嗎?亦或是你也只是女孩的幾分之一呢？」

「妳、妳居然監視我！」范淵有點心虛的怒吼。

「呿。」準人瑞鄙夷，「你們天天占據榮耀之路日報的娛樂版，我想不知道都不行吧？再說，你畢竟是我的，兒子。」

范淵驚慌失措的掛了電話。

準人瑞無奈的望著手機，嘀咕著，「沒禮貌，連再見都不說。」

黑貓掩面，「妳為啥不能好好講話？明明他都先軟化了態度！」

「這還不夠呢。」準人瑞斯文的笑笑，卻讓黑貓感到一股無比的陰寒。

準人瑞不再理他，只是專心致志的寫戰報。每回對戰不管對方是強是弱，她都將對戰寫得格外精彩刺激，偶爾還會配上插圖，讓小星星戰隊的部落格維持一定的新鮮度，不但訂閱人數飆漲，並且募到不少遊戲幣，讓萊因德的經濟壓力減緩。

成立戰隊是非常花錢的事情。尤其是挑戰賽之時，沒有廣告贊助，沒有金主，什麼都沒有。

但是裝備要錢，藥物要錢，食物飲料等等，全都要錢，並且要最好的。越到後期競爭越激烈，誰不是天才、誰不是榮耀寵兒，別人有的裝備你沒有，那真的要輸了。

小星星升到三星階的材料就是個天文數字。之所以不升四星階，就是因為關鍵材料需要打一個世界Boss，目前沒有擊殺記錄。但也幸好沒有，不然萊因德真要宣布破產了。

同隊的五個召喚師，王獸也要提升到二星階吧？那又是一筆巨款。加上裝備什麼的……準人瑞真覺得萊因德遲早要完。

所以她募捐遊戲幣而不是現實幣。畢竟遊戲裡出個十個、五個金幣感覺沒什麼，可榮耀之路有上億遊戲人口……當中有萬分之一慷慨解囊都很可觀了。

有了錢的萊因德一點都沒體會準人瑞的苦心，他花了大半只求一把神話等級的法劍……幾乎能力壓全伺服器當前最高武器的攻擊力。

為了這把神話級的法劍，那任務真是做得死去活來，並且讓黑貓異常暴怒。因為在這神話級任務當中，準人瑞不慎死了一次。

「為了個數據化的虛擬寶物！妳說值得嗎值得嗎？」黑貓暴跳如雷，「再死一次就破表了!!妳以為兲道尊會讓我們貸款嗎？會嗎會嗎?!」

準人瑞欣賞著曖曖內含光的古樸法劍，「放心，會的。我若魂飛魄散，他的氣只能憋著了。」

黑貓張大了嘴，好一會兒才沮喪的閉起來，蹲在牆角畫圈圈。

都給你們玩好了，他自暴自棄的想。反正我就是最單純的夾心餅乾。

不知道運氣算好還是不好，戰狼戰隊和小星星戰隊直到八強才碰面。

此時兩隊父母與兒子們的對峙早已不是祕密，卻在兩隊都拒絕採訪的情形下更撲朔迷離，各種瞎猜異常猖獗，什麼「黃昏之戀導致父子相殘」、「父母放水意圖保送」等等等等超級不靠譜的妄想滿天飛，搞得一場普通的挑戰賽有什麼情愛糾葛、利益險惡等等陰謀似的，也讓賽場塞得爆滿。

因為挑戰八強賽在網路有直播，許多人塞不進賽場，乾脆的下線打開電腦。

一直都有些冷門的挑戰賽這麼火熱也真是破記錄了。

準人瑞不消說，萊因德也很平靜……小星星開場撒嬌將他撞出五步外，他只能狼狽的吐血朝準人瑞喊救命，實在也沒能緊張得起來。

「小星星別鬧，開打了。」一面補血，準人瑞輕描淡寫的念了小星星兩句。

黑貓明顯沒那麼和藹，他睥睨的用鼻孔看著小星星，「信不信打輸了我揍你？」

小星星一僵，立刻嚴肅臉化身成大象那麼大的戰鬥形態，表示他很認真的散發強大龍威。

戰狼戰隊出的是兩個防戰，帶的都是能抵抗龍威的不死鳥。這種戰寵的特性就是飛禽、能補血，並且有buff都是疾走。

「馬的，消耗戰。」萊因德抱怨了。

這戰陣擺出來就是烏龜陣，相對這兩老人家攻擊力、持續力不足的問題猛打。更重要的是，他們打完雙人組依舊是五人團戰的主力，在雙人組耗費太多精神，到五人團戰恐怕就會無以為繼……畢竟他們已經不年輕了。

「喔。」情緒不太好的黑貓無精打采的看著飛在天空速度還挺快的不死鳥，「有翅膀了不起？」

啪的一聲，他後背冒出一對羽翼，立馬像枚砲彈般衝向左邊那隻。自動攻擊下的小星星也歡快的衝向右邊那隻。

兩大戰寵護法如脫韁野馬般跑了，兩防戰還不衝向柔弱的召喚師？但是衝鋒到半途，應當柔弱的牧師單手抓住當中一個防戰，完全不可能的掄向另一個防戰，一次控場兩個，還是如此不可能的對掄，導致全場鴉雀無聲。

這時候才有人去翻牧師的裝備和數值，額頭的汗刷的就流下來。從來沒看過如此力敏加點，連裝備都是力敏加成的牧師，更不要提她手裡提的那把法劍，神話等級，攻擊力爆炸，平均所有數值都大大提升。

可以說是牧師……不，所有職業裡的大力士，在沒有技能的加成下想同時掄起兩個穿滿盔甲的防戰如桌上拈柑。

……可妳為什麼要這麼做？既然想玩大力士玩戰士不好嗎？一轉戰士系裡還有個武鬥家，那是不管擒拿掄牆都有技能並且加成。

玩牧師是哪招？力敏成長都如此破敗，吃力不討好好嗎？這樣的配點和裝備，只能補出基本技能數值，補血也顯得很廢好嗎？

但是人牧師不補血，她刷的抽出法劍叮叮噹噹的扛住兩個防戰的……普通攻擊。傷害在皮厚血條長的防戰身上顯得微不足道。

和準人瑞打過的對手瞬間膽寒，可怕的剝皮魔又開始了。

可現在萊因德在幹嘛呢？他氣定神閒，連兩個鐵皮罐頭朝他衝鋒都面不改色，漫長的吟唱著召喚陣……喚出一隻巨大又猙獰的妖豹。

流線又優美的身材，盈盈一握的腰隻，卻擁有發達的胸肌和更發達的巨大爪子。

「……那隻不是雪山山脈的野外Boss嗎？」觀眾憤怒了，「Boss不是不能抓嗎?!而且抓了就不會再刷新了！難怪我們公會蹲點蹲不到！馬的太過分了！」

「靠！這隻Boss降階了！原來如此，用龍威降階才捕捉到的！太過分了，根本作弊！」

在觀眾一片罵聲中，萊因德洋洋得意的指揮妖豹上前，一巴掌拍掉某防戰五分之一的血量。

別當老子不是召喚師。只帶小星星是因為養他就要破產，他還是能養滿額五隻寵的！……雖然養了小星星再養這隻豹子，伙食費也是相當吃力，沒有能力再養第三隻了。

於是想打消耗戰的打算基本破滅了。解決掉兩隻不死鳥後，戰狼戰隊的防戰甲已經陣亡，防戰乙已然搖搖欲墜，直接讓小星星一個龍躍壓死了。

非常的快速。萊因德還含情脈脈的對著鏡頭說，「兒子，老爸將最好的都留給你，你準備好了嗎？」

秦祥麟差點吐血當場。

準人瑞扯了他一把，「行了，別嘴賤了。」

五人團戰開場，秦祥麟才了解到何謂「最好的」。

萊因德和準人瑞不消說，那三個應該是湊數的召喚師……通通是空軍。每個都帶滿了五隻飛禽。種類分別是老鷹、鷗、雷鳥。老鷹和鷗是肉搏近戰，雷鳥是法系噴雷的。

可以說，除了那隻豹子Boss外，連牧師的寵都能飛上天。

而三星龍的加成天賦點，被點在龍火——地圖炮式AOE，傷害不算高，CD時間也長達一個禮拜。只是範圍覆蓋全場，無法豁免，會短暫的陷入兩秒驚懼狀態原地發抖。

這點一直都是隱密不發，就像黑貓有翅膀也都是祕密武器。直到現在，老爸滿滿的「愛」都傾注給兒子的戰隊。

小星星噴出龍火，天毀地滅噴岩漿，戰狼全體原地發抖。

準人瑞朝著戰狼的補師德魯伊扔出一把飛鏢，所有的飛行戰寵撲向靜靜，雷火交織，眾鷹鷗俯衝後，立馬香消玉殞。

嗯，速度非常快的妖豹都才剛跑到跟前，也沒能撈到，幸好萊因德指向他親愛的兒子，妖豹立刻歡快的撲上去啃。

但是優勢也到此為止了。

戰狼有個非常稀有的強大法師，應該是男三吧。人家也會地圖炮，而二星鷹王的血量還真的很抱歉。在無處躲的隕石雨中，當場擊殺三隻禽王，並且讓小星星戰隊全體殘血了……雖然他本人也接近空魔。

敵方滿血，四名。我方殘血，五名。敵方法師無魔力，一名。我方召喚師寵物皆陷入慌亂狀態，三名。

掐著隕石雨消失的時間，準人瑞給了全體團補……照她此時的配點和裝備真的有點可憐。

「玄尊者，敵方戰寵那些雜碎，你行吧？」準人瑞彎起嘴角。

「啐。別瞧不起我。」黑貓不耐煩，撲過去先滅了對方的白鹿。

準人瑞伸手向虛空，將隱身準備捅匕首的刺客抓出來，掄向往萊因德撲過來的范淵，摔成一團的兩人還沒能站穩，被妖豹纏得火大的秦祥麟被妖豹一撞，飛向他的隊友。

然後被黑影籠罩，戰鬥形態展翅如齊天之雲的小星星蹦的來了個龍躍。

幸好這是遊戲，不然大概內餡都被擠出來了。

萊因德和準人瑞獰笑著上前，先把刺客剁成兩半，然後各揍自己的兒子，異常忠實的實現何謂「剝皮魔」的風格。

然後他們兩人凶狠的看向那個很厲害的法師。

法師都要嚇哭了。哽咽的說，「我、我投降。」

自此，這場父母體罰兒子的奇葩競技，終於以父母的獲勝告終。

據說，那天許多當人子女的，都小心翼翼的去查詢了自己爸媽的遊戲進度。

從來不接受訪問的小星星戰隊，此戰後終於接受了官方網路頻道榮耀之路的訪問。

出席的自然是老闆萊因德和主席牧師范余（準人瑞）。

現實中的萊因德是個老帥哥，非常風度翩翩。但準人瑞也不差，健康屬性不能消除腦袋裡的不定時炸彈，卻能夠消除臉上的老人斑以及數十年的毛孔粗大和痘坑，脂粉不施的她，呈現了范余娟本人應有的滄桑之美。

穿著簡單只有一朵山茶花裝飾的長禮服，搭著西裝筆挺的萊因德胳臂緩緩步入採訪現場。

甫現身，頻道聊天室就瘋狂洗頻了。

畢竟榮耀之路雖然能優化並且年輕化容貌，但依舊是自身容貌再加成。即使老了幾十歲，還是能一眼看出是那對剝皮魔。

可哪怕是老人了，依舊是對成熟的帥哥美女，人總是視覺性的動物。

底下刷了整排的「果然該在一起」。

主持人訝異了幾秒，「我頭回覺得網友說得對，你們該在一起的。」

「別鬧。」萊因德說。

「婚姻的小船說翻就翻，友誼的小船划得久。」準人瑞非常睿智的說。

主持人笑，這開場白脫離腳本了她知道，所以聰明的將話題拖回腳本上。只是她很快就明白有腳本一點用處也沒有，真是她主持生涯的大挑戰。

因為特麼的小星星這對老人家根本不想展望四強之路能走到哪，展現任何企圖心。

萊因德異常坦白的說，「打入四強是意外。主要是想體罰那小渾球，並且告訴他，小渾球，你還未夠班。你爹在網遊呼風喚雨的時候，你還不知道在哪排隊等投胎呢！」

「呃，其實只是想讓兩個小朋友明白，連你爸或你媽都能打翻你們，可見你們並沒有競技天賦，好好回家念書吧。」準人瑞輕描淡寫的說。

「也不是都沒有天賦。」萊因德認真，「我看他們隊的法師不錯，刺客也還行，趕緊轉隊應該還能在職業賽裡有所長進。」

「說什麼大實話。」準人瑞皺眉，「人家不會覺得我們為他們好，只覺得我們在挑撥離間。」

「我為人準則就是誠實。」萊因德嚴肅，「喔對，真的有點挑撥的味道似的。不要緊，這鍋我扛了。小朋友切勿自誤啊。」

……都給你們夫妻相聲就飽了。主持人欲哭無淚的努力搶訪談節奏。

好不容易插話詢問關於年齡和競技的關係時，萊因德一臉不解。

「又不是老派的鍵盤滑鼠網遊競技。這是全息網遊是吧？要的還是遊戲的理解和戰場解讀，團隊合作和戰術。那跟年齡有什麼關係！瞧我們的主力，魚販子也六十幾了，可她多厲害啊，戰術設計都出自她手裡，她還是主打呢。」

「沒那回事。」準人瑞擺手，「戰術還太粗糙，只是將就。」她無奈的兩手一攤，

「資金不足，角色也太單調。最重要的是，我們的攻擊力嚴重不足……其實真的不是我們想『剝皮』，真的就是攻擊力太不足，只好凌遲了。」

「妳為什麼要說出來？」萊因德不滿，「這樣大家都知道了，接下來怎麼打？」

「因為我為人準則也是誠實。」準人瑞淡定道。

……我來幹嘛的？你們倆繼續相聲就行了呀！主持人自暴自棄的想。

在雙口相聲非常熱鬧裡，一個小時的訪談一下子就過去了，聊天室訪客提問也回答得妙趣橫生，時間到時觀眾都覺得節目太短。

結語時，準人瑞對著鏡頭溫柔一笑，「我有些話想對我的兒子說。」

「打完四強我就會退出戰隊了，因為我的健康不允許。」她指了指自己的腦袋，「我得了腦瘤，大概還能活兩、三年吧。被我打敗你可能會很生氣，不過，也就這麼一次了。孩子，你的確缺乏競技的才能，但是你擁有更厲害的才能，是吧。」

「雖然我從來沒聽懂你說的那些數學公式，可我相信你告訴我的，數學是簡潔美麗的真理。」

「最後，媽媽愛你。」

坐在她旁邊的萊因德眼中出現了無法制止的悲傷。

節目到此結束。

這個先揚後抑的訪談幾乎充滿眼淚……前面五十八分鐘都笑出眼淚，之後兩分鐘充滿洋蔥。

這讓許多子女打電話給爸媽。

范淵當然也這麼幹了，可準人瑞沒有接他的電話。

黑貓無言的看著這個煽情高手，「……別太張（台語），張到人家又冷了。」

「放心。」準人瑞淡淡的，「我能把握好這個度。」

此時萊因德剛接了他兒子的電話，掛掉時忿忿的伸出中指。準人瑞沉默的看著他，這二貨龍爹似乎一直沒長大。

萊因德尷尬的收回中指，「……你們一個個的，都要走在我前頭。」有些愴然的說。

「是啊，抱歉。」準人瑞不是很有誠意的說。

「沒事。」萊因德很快樂觀起來，「有一天過一天，說不定活得比我久呢！閻羅王肯定比較喜歡我不喜歡妳……畢竟，妳是那麼的凶悍。」

忍了忍，準人瑞還是沒忍住，朝他後腦勺巴了下去。

萊因德將她送到樓下就走了。

準人瑞搭了電梯上樓，要開門時卻覺得裡頭有人。

她沒將入侵者巴昏的主因是機警的黑貓用力咬了她的小腿。「不不不，那是妳兒子！」

「原主的兒子。」準人瑞一直都很固執。

開燈時，看到滿臉是淚的的便宜兒子，她還是難免感覺到尷尬。

但她還是努力發揮演技，「怎麼了？吃飯了嗎？」雖然表情還是異常僵硬。

結果范淵哇的一聲大哭，還是抱著她的腿哭。這讓她尷尬癌都犯了。

「別這樣。」怎麼都拽不起來的時候，準人瑞拖著沉重的腿部掛件到沙發上坐好，

「拜託別這樣，我會覺得立馬要死了。」

范淵將臉埋在準人瑞的大腿上啜泣。「……媽，我會好好照顧妳的。」

「先照顧好你的學業再說吧。」準人瑞放棄了，她畢竟是個記恨的老太太，想裝熱情有困難。

然而向來會激怒范淵的冷淡卻沒起同樣的效果。他搬回家，承擔一切家務。每天準人瑞外出運動的時候，只要沒課他就會沉默的跟著……像是一隻小金毛獵犬。

雖然是她挖的坑，但是坑得比預期深太多，準人瑞很不解，她問黑貓，「這孩子是腦筋什麼地方搭錯冒火花了？」

黑貓無言，「……妳的主治大夫也是榮耀迷，甚至是妳的粉絲。呃，看完訪談他哭得快掛了……所以跟范淵提了提腦瘤和性格冷淡的關係，然後，稍微誇張了點。」

天下每個人忙著幫忙找理由居然讓人這麼尷尬。

最後準人瑞的任性犯了。但是脾氣非常不好的范淵甘之若飴。

「我沒想到那孩子居然是個M。」準人瑞對黑貓抱怨。

「羅妳能不能想點好？明明是孩子對母親的眷戀與包容！」黑貓快氣炸了。

連上線范淵都要跟著……他直接從戰狼退隊，跑來小星星打雜。他這行為簡直罪不可恕，等於給戰狼打響了分崩離析的槍聲，法師直接讓一個職業戰隊吸收了，刺客去了最有希望晉級的挑戰賽戰隊。

女主角靜靜快把范淵恨死了，不但跟他決裂還帶隊殺了他幾次。

還是萊因德發現了，一面抵擋一面向準人瑞呼救，結果被激怒的準人瑞帶著幾個召喚師來打群架，反蹲了靜靜，直到將她逼出首都才罷手。

身懷神話級法劍的準人瑞實在太可怕了，被她暗殺簡直能逼出心理疾病，演繹何謂「草木皆兵」的驚悚。

然後范淵像是從來不曾愛過這女孩，忘了要跟她同生共死一般，只是滿眼星星的跟在便宜老媽後面，感動得要死。

若是有尾巴，保證會搖得飛起。

「我發現我不懂青少年的愛情。」準人瑞扶額。

黑貓表示也不太懂，「大概是將女主當作最後一根稻草？改版中畢竟范余娟死了。這世界的青少年心智應該是比較慢……吧？」

準人瑞發笑。

她承認她不夠時髦，一直都是一夫一妻制的擁護者。畢竟不管從法律還是從種族延續的觀點來說，這是最適合子女成長的方式。養孩子的階段，還是不要太複雜讓孩子感覺到困惑。

至於愛情什麼的……拜託，不是真愛你結婚幹嘛？結婚了跟真愛就沒關係了。很簡單的選擇題，可惜許多人不了解。總覺得在家庭以外犯個人類都會犯的錯誤挺酷的……關鍵是老婆或老公甚至是子女，都不會覺得酷，大概也諒解不了。

「我記得這個世界也有重婚罪。」準人瑞純屬好奇。她就不明白為何靜靜跟七個男人結婚，這群人怎麼不會被抓去牢裡反省。

「婚禮也只是『表演』。」黑貓無奈道，「他們只是同居關係，沒去登記呀。」

「…………」

準人瑞對范淵稍微好了點。畢竟這可憐的孩子逃生不易……能跟女主決裂真是太好了。

之後還是沒能得到挑戰賽的冠軍。

勉強晉級了冠亞軍之戰，一來是冠軍隊真的很強，人人會控場，隊伍職業搭配合理，戰術精湛。二來是四強戰和冠亞軍戰是連續的，最讓人擔心的準人瑞沒事，但是小星星關鍵時刻掉鏈子，後繼無力，他龍爹也耗損太多精神，導致成了個漏洞被猛打落敗。

但是萊因德還是很開心。因為亞軍的獎金也很不少，又夠他匪類一陣子了。

他的心願就是讓小星星成為五星龍，能夠成為榮耀之路食物鏈最頂端的存在。

「然後我過世前，會先將他放生。」抱著小星星的頭，萊因德心滿意足的說。「當他飛過天際時，所有人都會因為他霸氣的龍威顫抖。」

……不知道該說這願望很酷還是很中二。

但是黑貓卻有點悵然，「可惜他不是創作者。不然就他這豁達的生死觀，延攬他應該很合適。」

準人瑞哈了一聲，「別鬧了。你弄個二貨喜憨兒回去，旡道尊能饒了你嗎？」

玄尊者乾笑了兩聲，「說說而已，說說而已。」

準人瑞離開的時候非常乾脆。要離去前，她甚至假借健康檢查先去了醫院，還先把給便宜兒子的信都寫好了。

「可惜小星星只到四星。」她有些遺憾的說，「不知怎麼的，我總覺得榮耀之路有點天道的氣味，小星星也像是真的。」

黑貓繃緊頭皮，「別說了。」

準人瑞閉嘴。她並不想再次撞天道的邊角……那感覺真是有夠糟糕。

休息時間

果然評價不怎麼理想。

雖然這麼說一定會被打，但是只得到「完美」的評價，對準人瑞來說跟不及格實在沒有兩樣。

「妳看看妳，」黑貓痛心疾首，「態度不積極也是要扣分的！」

轉頭一看，準人瑞已經抱著枕頭睡得很熟。

黑貓真心感到寂寞。

這個任務說難很難，說簡單也很簡單。

困難就難在任務目標不在附身者身上，哪怕是兒子，那也是很難影響到正確的任務達成。

說簡單，就是沒有生命危險。

沒有生命危險卻扣了那麼多積分，只能怪羅太奔放不能怪別人。

結果吧，幸好羅是天公仔，讓她這麼怠工居然也達成了……即使只是不太完美的完美評價，積分也是可怕的多。

黑貓鬼頭鬼腦的看向熟睡的準人瑞，暗暗慶幸她向來不耐煩任務後續，所以也不太關心來龍去脈。

不然真不知道怎麼敷衍她才好。

這個任務其實有點複雜。任務達成，可是這個世界的未來還是沒辦法熬過壞空，註定要熄滅的……畢竟地球都沒了。但是因為「人類遷徙計畫」的緣故，保住了大約一億左右的人口，遷徙到另一個和「榮耀之路」全息網遊差不多的世界，終於在最後一個原住民過世前，保住了魔法世界的存續。

說穿了很簡單，本身是科技文明的范余世界，很早就偵測到隕石來襲的不可免，但是上百年依舊無法發展到衝出地球的科技。而另一個相鄰的魔法世界卻因為天選種族的人類爆發了一次魔法戰爭，導致生育力日衰，人口縮減到要滅亡了。

最後是兩個天道設法合作，甚至「榮耀之路」都滲入魔法世界天道的努力，只求能讓將來移民的人類早日融入新世界。

所謂的人類遷徙計畫，就是個規模極為龐大的傳送陣。當然，於范余世界來說，是個空間轉換的蟲洞裝置。在太空船不足以讓全人類登機的時候，這個蟲洞裝置其實是備案，沒人有太高的期望。

誰也沒有想到，感覺超級不靠譜的蟲洞裝置，保住了兩個世界的生機，能夠融合為一體。而這個蟲洞裝置能正確抵達魔法世界，不是在哪個太空的天涯海角送死，范淵這個史書留名的大數學家功不可沒。

終於導回正軌。兩個世界合併為一，並且明亮起來。

本來兩個都漸漸黯淡呢，現在終於盤活了。

要是一起完蛋，附近的世界也會受到衝擊，不用改版命書都會加速壞空，體質弱些的世界恐怕要GG，然後情況逐步惡化。

黑貓鬆了口氣，幸好羅的運氣一直都很不錯。不然這個任務失敗恐怕復活積分會非常可怕……

然後他悶了。據他所知，這任務根本不該交到羅手上，因為任務適性低到接近零。

旡道尊發現黑貓不是來申請貸款的，嘴裡說「幹得不錯」，黑貓敢發誓，這混帳眼底有著深深的遺憾。

身為夾心餅乾的黑貓非常難過。他不得不幫Boss掩蓋，省得惹怒了羅再來一掄。再來個七彩任務真是沒法活了……誰知道羅的好運氣能不能持續到永久。

但世事就是這麼悲情。黑貓能瞞下來，不代表看熱鬧不怕事大的學姊學長也如此。

所以準人瑞從別人口中知道了七彩任務的確就是旡道尊給挖的坑。她不動聲色的跟蹤了旡道尊一個禮拜，潛入電視台的直播現場，在旡道尊接受專訪時，亂入將他掄在攝影機的鏡頭上面，全大道之初的電視機上都出現了歪嘴貼上螢幕的畫面。

黑貓將嘴裡的茶全噴到電視機上面。

看到羅毫髮無傷的回來，原本還有一絲僥倖，結果Boss打電話給他，語氣溫煦的稱他「小餅乾」時……

他知道他和羅都，完了。

命書卷拾肆

朝花夕拾

準人瑞的反應非常迅速，也非常羅。

她轉頭將所有積分拿去幫黑貓贖罪了……於是當了很久的斑馬貓和格子貓的玄尊者終於恢復了亮麗的黑色毛皮。

黑貓幾乎崩潰，「羅妳搞屁啊?!贖什麼贖，妳連包泡麵的積分都沒留……要妳管我是什麼花色？多管什麼閒事你們世界不是講什麼色即是空空即是色……」

準人瑞了解，完全了解。即使聰明智慧被其他執行者奉若神明，文化差異總是有的，她不會笑「小餅乾」。

她心平氣和的說，「你也替本尊想想。好好的玄尊者頂著一身斜格子紋出門已經是很有名的笑柄了。」

黑貓的眼眶溼潤了。為什麼羅總是哪兒痛就踩哪兒。

「再說，」準人瑞輕嘆，「我已經將道尊得罪死了。萬一……我又不可能道歉求饒。任務失敗反正賠不起，這些積分留著白白浪費了。還不如給你贖罪了……」

「汪汪汪汪汪！」黑貓哭了，「才不會！胡說！任務一定會成功！就算失敗我就是高利貸也會幫妳貸贖命錢！」

……沒想到玄尊者還精通汪星語。慌亂到學狗叫大概忘記他現在是貓吧。

「傷心啥？」準人瑞沉下臉，「你居然騙我！任務失敗頂多記憶積分都洗白白回輪迴轉生啊。還騙我什麼魂飛魄散……你最好說清楚！」

黑貓無助的被拎著後頸搖晃。「妳能不能稍微尊重我一下？那不是妳一開始不肯好好幹活嗎？我當然需要激勵激勵……放手放手，被拎著很難看！」

準人瑞呵呵，「尊重誰？小餅乾？」

黑貓垂著四肢淚如雨下，哭得很淒涼。自從被炁道尊喊了這綽號，他的頭就再也抬不起來了。

但是一個合格的夾心餅乾還是努力掙扎了。「其實Boss也沒有那麼壞，上個任務一定只是意外。」

結果立馬打臉。

任務發下來居然是個危險度淡黃的檔案，只是黑貓看到後漂亮的黑皮毛上立刻打了層霜。

他一把將檔案搶走，「這不可能！太過分了！一定是發錯！」急急忙忙的往外跑。

「……記得把衣服穿上。」看他過門變身依舊「無牽無掛」，準人瑞忍不住喊了。

聽到玄尊者跌跤的聲音，準人瑞扶額嘆息。

其實根本不用去爭。可是可愛的小餅乾總是有點天真。

不出準人瑞所料，最後他還是淚眼朦朧的回來。「這不對，這是白皮書。這不是妳的職責才對。」

原來這就是白皮命書。準人瑞仔細看了兩眼。

其實這才是大道之初真正的職責範圍。一開始大道之初篩選執行者是非常嚴格的，跟本世界求道修仙難度相彷彿，人數也很少。

當時主要就是要排除會動到世界線的意外。比方說，重生、穿越這類稀有的時空紊亂，絕大部分天道都能容忍，只有極小部分干涉到世界存續才會由大道之初修正。

後來時代在進步，成熟的大千世界越來越多，不同發展路線的大千世界居民閒極無聊開始出妖蛾子。科技文明的大千世界呢，就開始出現「系統」，修真仙俠世界開始各種「神器」。

大千世界居民不免將小千世界視若螻蟻，隨便的散播系統或神器，得以觀察大千世界搞不好不再有，很落後原始的愛恨情仇、七情六慾。

在這些系統和神器的附身下，重生穿越大大流行，導致時空紊亂甚至壞空等等惡果。大道之初不得不擴編，嚴格管制並收回這些非法的系統和神器。

然後就是天機資料庫大外洩，這才是災難中的災難。不得不再次擴編，而且二次擴編倉促，之前的什麼職業訓練、老手帶新手上百任務還得觀察品行什麼的，通通沒有了。

好在天機改版的命書算是簡單入門級，就算是倉促擴編的新手也能在新手任務和監察者的輔助下不出什麼大差錯。

畢竟司命書的執行者不用跟系統或神器鬥智鬥勇的回收。這種有系統或神器的任務稱為「白皮命書」，只有高階執行者才有資格做的。

「唷，旡道尊真瞧得起我。」準人瑞冷笑。任務沒過就罷，讓我過了等掄吧。

「沒事，就是淺黃而已。」黑貓試圖樂觀，「而且是『現代』。再說，妳管任務目標就好，系統回收是我的責任。」

準人瑞驚訝，「……玄，你回收過系統或神器嗎？」

黑貓沉默不語。在準人瑞的目光下開始不斷冒汗。「有、有什麼難的？誰沒有第一次啊？」

準人瑞善解人意的收回目光。看起來是沒機會掄旡道尊了，想想真有些扼腕。

對於上線就快掛點好像完全習慣了呢。

所以準人瑞能夠硬撐著眼皮去開窗，而不是開燈導致瓦斯走火把自己給爆了。

沒想到原主真是因為開燈瓦斯爆炸死的，她萬分慶幸智商永久在線，同時常識也很勇健。

準人瑞很高興是獨居，安靜的深夜，而且中毒不深，健康屬性運轉下就好了。總算是有時間讓她翻閱檔案抽屜，不用兩眼一抹黑。

任務目標是個患有先天性心臟病的物理天才。單薄瘦弱、清秀漂亮的男生。但是個性孤僻又孤高，他的一生摯愛大概就是書籍和物理，博士畢業就到中科院當科學家去了。

他只活到三十七歲，也沒有得諾貝爾獎之類的世界大獎。可他在此界留下的蟲洞理論卻成為遙遠未來宇宙航行的重要論述。

但是直到他過世都不知道有個朋友暗戀他，其實那個總裁自己也不曉得，直到物理學家因病過世才幡然醒悟，痛悔莫及。

結果這個痛苦莫名的總裁，吸引了一個好管閒事的系統。系統非常熱心的讓總裁大人重生了。

於是總裁一夜變情聖，痛苦並瘋狂的追求物理學家。不幸的是，物理學家是個直男，而且把總裁當個感情不是那麼好的兄弟。

只能說將直男掰彎的道路既遠且長，還有個系統亂發任務，總裁痛苦莫名的同意，決定壓倒一切好說，物理學家還沒被扒光心臟病發作直接送急診。

然後如此鬼打牆了三、四回，當中還有惡毒女配未婚妻攪局，最後一直沒同意的物理學家瞥了總裁一眼，終於香消玉殞，愛情悲劇了，從此變成總裁心口的硃砂痣。

準人瑞拉開衣領看了看，確定她附身的這位是女性。核對姓名，也並不是總裁那位惡毒未婚妻。

所以，這位小姐是誰？

這問題問得好。

她是情聖總裁眾多女秘書之一，劉巧音。連炮灰都說不上，完全是個路人甲。而且這位剛上任一個禮拜的秘書小姐，在這個晚上瓦斯爆炸死掉了。

因為不明原因，即使準人瑞沒蠢到開燈依舊存活，但她小姐早已安詳投胎。

她和黑貓相對無言。

槽點太多，她不知道該從何吐起。

「……難道不覺得這個身分距離任務目標有點遠嗎？」準人瑞覺得自己太客氣了，毫無關係好嗎？

黑貓欲哭無淚，「呃，這時空有點緊密，真找不到關係更近的人選了。」看準人瑞變色，他立刻接口，「事實上兩年後物理學家學成歸國渣男總裁一定會讓秘書連絡他的啊到時候看妳要灌醉下藥煎煮炒炸有的是機會……嗷嗚！」

黑貓的耳朵被揪了。

「小餅乾。」準人瑞的神色非常可怕，「腦子裡別塞太多黃色廢料的好，」她睥睨的看著黑貓，「我寧願給你灌瀉藥也不會下作到灌人春藥，懂嗎？」

「懂懂懂懂……別叫我小餅乾！」

雖然覺得槽點多到吐不完……比方說居然會覺得這是愛情故事。對物理學家來說，這是驚悚恐怖故事吧？這個超言情的情聖總裁有選擇性失聰，對物理學家的抵抗和拒絕全當作沒聽見，只想霸王硬上弓，結果都是送急診室。

她真心覺得物理學家是被總裁活活逼死的。系統居然覺得這是很浪漫的ＢＬ愛情故事……果然系統這玩意兒就不是人。

然後她必須去給情聖總裁當秘書。

炁道尊太懂得噁心人。

結果，沒有最噁心，只有更噁心。

系統要兩年後才會來，可還沒被系統附身的總裁是個上班跟主秘滾床單的渣貨。是說那個豪華大辦公桌應該不是拿來這麼用的吧？難道不覺得席夢思比較好嗎？

讓她最想吐的是，你們要玩上班如上床無所謂，為什麼準人瑞敲門，總裁您要喊進來？

她當場感覺眼睛受到一萬點傷害，長針眼保證。

然後這隻種馬請秘書跟收後宮沒兩樣。

「我要辭職。」準人瑞平靜的說。

被驚嚇得像個雞毛撢的黑貓更驚，「不行！物理學家根本是社交絕緣體！連這稀薄的關係都沒有，妳怎麼認識他保護他？」然後一臉不忍卒睹，「羅，承認吧。妳臉皮太薄，根本沒辦法玩一見鍾情的把戲。」

雖說不意外，劉巧音並不是絕脈，但也沒有好到哪去。而那個種馬總裁武力值還不錯……最少不是眼前能揄牆的。

不要緊，幫總裁端茶倒咖啡都是新來劉秘書的活。此界中藥行藥材色色齊全。

所以種馬總裁覺得劉秘書剋他。每次吃點豆腐、摸摸小手之類，當天就會拉肚子過敏起疹子或者有點不行。

黑貓非常可憐的蠟燭兩頭燒，都快燒得焦頭爛額了。

一方面，系統這玩意兒純粹是背書應付考試用，他進入大道之初太晚了，剛好遇到澎湃洶湧的天機資料庫洩漏，系統或神器都是前輩在收拾，他親眼看過的系統都是死的，擺在博物館一眼瞥過。

此時臨時抱佛腳的嗑前輩的工作筆記。而系統的種類繁多ＡＩ各有不同，他還老讀著讀著讀串了張冠李戴。

另一方面，不知道檢點為何物的渣男總裁不間斷的觸怒羅，總覺得性命堪憂……他真心害怕哪天羅一怒之下手滑，「一不小心」毒死了渣男，任務直接ＧＧ。

然後讓他摸不著頭腦的是，一個月後羅居然心平氣和的當秘書，咖啡和茶也不加料了。

「喔，」準人瑞氣定神閒的說，「從另一個角度來看，種馬生態還是滿有意思……就當作在看國家地理頻道。」

只要別把種馬這種生物當人看就對了。當他是動物，就會覺得不過是交配行為，顯得新奇得很獵奇。

總裁大人姓何名嘯天，英俊瀟灑人高腿長，多金兼多情，並且跆拳道、柔道、空手道、拳擊都有涉獵，名校畢業，非常霸氣符合所有總裁人設。

如此典型到天涼王破的種馬總裁不容易，宛如言情教科書直接下凡的。

所以也不能怪他花心愛滾床單，實在是人生太贏家，除了滾床單再沒其他刺激了。何總裁名言佳句錄記載，他說，「我不賭不吸毒，就喜歡漂亮女人怎麼了？人生僅有這麼個樂趣已經是太善良。誰讓我太討女人喜歡沒辦法。」

只要別把他當人看，就會覺得他說得挺有道理。

不要找祖媽就好。初期武力還不足的準人瑞為了毫無節操的種馬總裁，特意穿上最討厭的細跟高跟鞋配西裝褲。

只需耗很小的力氣，就能讓種馬總裁抱著腳跳，強烈表達她堅決拒絕人獸的立場。

至於種馬總裁為何忍受她……既然四個秘書裡有三個都在爭風吃醋不幹正事，總需要她這個「老處女」辦公。不然公務亂套，連眾多真愛的生日都沒人訂禮物豈不是太慘。

真不懂他到底受了什麼刺激會從種馬變情聖。這變得也太跨度了，據說他從十六歲就開始拐女生上床，拐到現在二十六歲依舊樂此不疲。

然後突然被雷打到，就愛上隔壁一起長大的物理男孩？

異性戀能轉同性戀？還是根本是雙性戀只是沒發現偏向是男孩？果然種馬這種生物很神祕。

不管怎麼說，現在準人瑞的老闆還是異性戀階段，腳劈N條船那種。一開始也曾心軟想撈那些可憐女孩一把，然後體會何為好心沒好報。

種馬老闆倒是不在乎，只是會自戀得認為劉秘書在暗戀他，這點吃醋打小報告驅逐情敵實在好可愛……她「不小心」用細高跟踩得他差點跛腳才讓種馬消停些。

至於被騙的女生……唔，只認為她是惡毒女配，專門來挑撥離間製造誤會的。

嗯，她只想說，不好意思，我只是個多管閒事的路人甲，連炮灰的戲分都沒有，女配這麼重要的角色怎麼輪得到我。

這兩年觀賞國家地理頻道之種馬人生的結果，就是能心平氣和對待每一天，哪怕門板擋不住春光無限，都能泰山崩於前不改其色。

還有，這兩年的辛苦鍛鍊終於有了點成果。

劉小姐的身體嬌弱掄不動大漢，但是近身短打已經能讓種馬總裁不敢亂伸鹹豬手。

「……這個結論不太好。」黑貓遲疑，「其實吧，我仔細想過了，是不是防患未然？」

準人瑞一臉吃驚的看著黑貓，「我們不能知法犯法！而且他還什麼都沒做就弄死他好像不怎麼好……雖然我挺討厭這種生物的。」

……為什麼一起頭就是想弄死他!!

「不是！」黑貓趕緊聲明，「我看他當花花公子很愉快啊，勸勸他情聖很苦逼花花公子才是王道之類的。」

「我不要。」準人瑞斷然拒絕，「你知道這兩年我忍得多辛苦嗎？沒打斷他鼻樑或毒死他就是我修養太好，我絕對不會跟他說工作以外的任何話。」

黑貓遲疑，很遲疑。「其實何總裁性子還算是不錯的。」

準人瑞瞪著黑貓，懷疑他腦子被驢踢了。

「最少他有問就有答，交流順暢。」黑貓低落的嘆氣。

準人瑞滿頭問號。

直到命運（？）的那一天，何總裁派劉秘書去接物理學家王舜華的飛機。

抱著終於可以脫離苦海的歡欣，準人瑞難得的想讓人如沐春風一下，卻踢了鐵板。

一路上一個多小時，準人瑞就唱了一個小時的獨腳戲，王舜華先生只低頭不語，讓人懷疑他到底是讀書讀傻了還是乾脆有自閉症。

原來如此。她明白了跟王先生比起來，種馬總裁性子真的不錯。

……這任務有完成的可能嗎？準人瑞開始懷疑自己了。

第二天才看到黑貓。現在他有些神經質的守著何總裁不放，因為那個系統什麼時候降臨真是天曉得。

準人瑞充滿同情的看著他，日子久了就明白，其實大道之初真不是無所不能無所不知。

他萎靡的看了準人瑞一眼，尾巴微微搖了搖表示自己活著，稍稍振作精神，「怎麼樣？長得如何？」

準人瑞想了想，回憶物理學家的長相，這才發現居然和玄尊者的本尊有些相似。

這讓黑貓開心了點，「這顏值超高啊。」

……相似的是排骨精的部分。不過準人瑞決定諒解，如果自戀能夠讓玄尊者開心一下下，那也值得了。想想他全日盯梢種馬的日常有多可憐……準人瑞感到不寒而慄。

「說不上話。」準人瑞沮喪，「連正眼也沒看我一眼。」

黑貓無語，「所以說，還是何嘯天好相處對吧。」

「我寧願跟殭屍交流。」準人瑞斷然拒絕。跟殭屍交流還能直接斬首，種馬不能比照辦理。

黑貓還想勸，結果何總裁非常自然的想拍準人瑞的屁股，雖然準人瑞非常敏捷的將檔案夾擋在屁股所以沒有得逞，但是她老人家額角的青筋已經浮起。

「唷，表情不要這麼可怕好嗎？」何總裁擺出很帥的壁咚，「知道嗎……」然後他的聲音噎在嗓眼裡，美麗的劉秘書眼睛裡浮出血絲，可怕得像是眼底藏了十幾個地獄。

他忍不住倒退一步。

然後當天下班返家的路上，差點腹瀉在他千萬豪車裡。

黑貓默默的繼續旁觀。他完全明白羅認真的執行任務才拿出畢生的忍耐力，不然小種馬早死了十次八次。

羅控制劑量的能力真是越來越好。黑貓淡淡的想。雖然不應該，偶爾他也會覺得乾脆讓這王八蛋死了省得繼續危害社會。

然後拉得快脫肛的小種馬緩過氣來還打電話給羅，指使她做這做那還調戲。黑貓不禁佩服這小種馬真是好膽量。

準人瑞倒沒黑貓想的那麼暴怒。只要別動手動腳，所有的語言騷擾都能當作沒聽見……全當忍耐力測驗了，反正她精心配置了一整套各式藥物。

比較煩惱的反而是任務。

任務目的很單純，就是防止物理學家被危害，保證他能活到三十七歲。難處是，既無關係也無交集，要如何保護他？

昨天才見第一次面，人家搞不好連臉都沒記住。如何製造下一次的偶遇呢？這時候她這萬年仇男症患者才感到男人特麼的不容易，想想他們追求女生時的一百零八種偶遇……何其難也。

最後她還是駭進了物理學家公寓的監視器。然後深深感覺這其實有點變態而掩面。然後物理學家真是個宅男。監視了一個禮拜，上班下班的時間異常規律，除了宅急便，根本沒人拜訪。

從沒試圖與人混熟的準人瑞束手無策。她想，其實該跟黑貓談談，是否能讓她去哪個任務深造一下私家偵探之類的學問。

最後她唯一能做的就是在對面公寓租下一間套房，那房價真是催人淚下。但是即使近水樓台了，她還是不知道怎麼跟物理學家搭訕，只能白白瞪眼過了一個月，毫無進展。

然後，種馬總裁讓她感到迷惑。照理說，既然會因為物理學家種馬轉情聖，但是除了派她接機以外，連飯都沒跟物理學家吃一頓。

直到一個多月了，某美女約會臨時取消，種馬總裁才把他想起，打電話約物理學家出來聚餐。

這讓黑貓與準人瑞如臨大敵。兩年多的準備就在今朝……竊聽器終於開工，準人瑞掛著耳機在附近的咖啡廳雙眼無神的瞪著平板電腦監聽。

內容真的非常無聊。種馬總裁不斷的誇耀他傲人的豔史，並且嘲笑物理學家小時候的糗事，從頭到尾物理學家說的話不到三句。

……到底是為何會一往情深，完全不能了解。愛情這玩意兒果然難懂。

最後準人瑞還是謹慎的跟蹤，結果種馬總裁將人載到捷運站就掰掰您啦，據說有個「重要的約會」，物理學家自己搭捷運回家。

結果準人瑞將車扔在捷運站，暗暗的跟了物理學家一路。然後，什麼都沒做。

因為當跟蹤狂已經太羞恥，她深深感覺到頭都抬不起，怎麼好意思讓苦主知道。

不知道老天爺感覺他們太磨蹭還是怎麼的，居然來了個意料之外的大轉折。

深感毫無進度的準人瑞某天晚上照例瞄了一眼監控畫面，正巧目睹了物理學家在公寓門口被打劫，劫匪持著匕首威脅苦主開門。

準人瑞立刻奔出去……住在一樓就是有這好處，大喝一聲將試圖抵抗的劫匪掄在牆上，那帥氣真是沒得說。

但是帥氣一秒鐘，痛苦三星期。

原主這嬌弱的身體將個大漢掄牆，卻將自己的肩膀給脫臼了。

這時候已經有熱心鄰居來撿尾刀制住劫匪，物理學家擔心的問她還好嗎？

「沒事，脫臼而已。」準人瑞淡定的靠著牆壁，悶哼一聲自己將肩膀給接回去了。

物理學家目瞪口呆的看著她面白如紙的臉上沁著大顆的冷汗自體修復脫臼，深深被她的英雄氣概給震懾了。

若不是她踉蹌了兩步破功，物理學家真的以為她是個漢子。

最後準人瑞被送去醫院了，並且因此住院了半個月。

黑貓誇她幹得好，她卻只覺羞愧欲死，惱羞成怒的想將黑貓掄個十遍八遍。

準人瑞住院後，物理學家帶著花和果籃來探病兼道謝，並且請了個看護，負責所有醫藥費，然後就沒出現了。

能肯定的就是，物理學家並不是自閉症，大概也不是讀傻了。雖然外表看起來脆弱漂亮，事實上談吐沉穩，相當有教養，擁有成熟的學者風範。

但這種拒人於千里之外的疏離是怎麼回事？莫非被討厭了？

這就是準人瑞最不能理解的地方。原主劉巧音長得也不差，她在世時又是個被讀者和兒孫寵壞的老太太，只有嫌煩的，沒有被嫌棄的，所以她真有點不知所措。

後來她決定不想了。特麼的又不是要追物理學家，深究他的內心世界做啥？

最重要的是，把這個保鏢的活幹好了。

只是住院無聊，沒事做只好把物理學家所寫的論文都翻出來看看。坦白說，朱訪秋時期於她真是不堪回首，那幾十年強迫念的書幾乎是任務過了就快忘光。物理學家的論文對她來說實在是夠艱澀難懂的，只能讀個大概。

真沒想到科幻感如此之重的蟲洞理論在此界遙遠的未來能實現，也因此能讓星際旅行縮短得跟搭飛機一樣，想想物理學家真是了不起。

當他的保鏢也不是太壞的事情。

住院兩個禮拜，差點就把工作丟了。最後是拿累積的年假來抵……然後總裁秘書室多了個實習秘書。

不知道實習什麼，總之，送文件都是實習秘書的活，早上送進去不到中午是不會出來的。出來的時候都滿臉通紅，脖子上好多迷你拔罐，準人瑞覺得她對國家地理頻道開始厭倦了。

讓準人瑞腦筋斷裂是因為，種馬總裁叫她陪實習秘書去墮胎。

雖說她的肩膀已經痊癒，但是前車之鑑未遠，嬌弱的身體沒法掄人。但是她拚命按捺還是幾乎忍不住將種馬掄牆數十的衝動。

「我不。」她非常任性的拒絕，「又不是我讓她懷孕的。這個鍋我不背。」

她和種馬總裁爆發嚴重衝突，幹了她一直想幹的事情……一個直拳讓他鼻血不止，在種馬炒了她之前，痛快的炒了老闆魷魚。

「羅！」黑貓遠端心電感應，沉痛慘呼，「妳怎麼能夠這麼衝動?!任務呢？系統都還沒降臨……」

「系統明明是你的事，玄尊者。」準人瑞大徹大悟，「我錯了。保護任務目標才是我的事情。甚至物理學家不認識我都無所謂啊，反正他需要保護的路線也只有上班和下班，厚著臉皮當跟蹤狂就對了。」

黑貓啞然，痛苦莫名，「……不要拋棄我呀羅！我不想一個人面對渣滓……」

抱歉了。準人瑞在心裡默默的說。日頭赤焰焰，隨人顧性命啊……再為種馬工作，非犯殺孽不可，抱歉了。

還是跟蹤狂的生活比較有前途，畢竟當保鏢理直氣壯。

很快的，物理學家就發現他多了個漂亮的跟蹤狂。事實上是準人瑞根本就沒掩飾過。

總是穿著西裝長褲細高跟，紮著馬尾，表情非常嚴肅的跟在身後五公尺。默默跟到中科院，目送他進大門。下班又會看到她，又默默跟回家，目送他進公寓。

可從來不跟他搭訕。

這讓物理學家很傷腦筋。一個月後，他站定，轉身走過去看著這個印象深刻的女郎……任何一個能將大漢摜在牆上的女孩不印象深刻都不成。

「劉小姐，請問有什麼事嗎？」物理學家溫和的問。

準人瑞考慮了一秒，發現自己很難解釋這種跟蹤行為。「請你當我不存在。」

物理學家定定了看了她一會兒，點點頭，轉身就走，真的當她不存在。

這淡定勁兒真沒誰了。準人瑞都不禁佩服。真沒人能如此淡定的忍受一個跟蹤狂。換做是她，早把跟蹤狂揍到生活不能自理。

這也是為什麼不偷偷摸摸跟蹤的緣故。越偷摸越給人更大的心理壓力……物理學家可有個嬌弱的心臟。

然後雨季來了。

物理學家總是忘記帶傘，或者帶了忘在實驗室。於是保持距離的準人瑞被迫上前打傘。

物理學家不是心臟很嬌弱，身體也是很脆弱的。萬一淋點雨感冒了，那可是災難中的災難。

本來物理學家一直秉持著當她不存在的原則，只是他發現這個器宇軒昂的女郎總是將傘護在他這邊，而這天的雨真的特別大，將她肩膀淋溼了。

進了捷運站，終究過意不去，遞給她一條手帕。

「謝謝。」準人瑞接了過去擦了擦自己的肩膀和臉，「洗了再還你。」

物理學家對她笑了笑，沒有說話。

難怪了，為什麼這孩子總是肅著臉沒有笑容。雖不到一笑傾國，傾城是絕對有的。

準人瑞開始擔心了，覺得肩膀的責任的確很重。

雨季還沒結束，準人瑞以為已經混成朋友時，看著手機的物理學家停下腳步，淡淡的對準人瑞說，「別再跟著我了。」

準人瑞皺著眉，猛然奪走他的手機，並且撥打自己號碼，將自己的手機號碼設在他的通訊錄上。同時暗暗的設了個隱藏的APP，這樣物理學家天涯海角都無所遁形。

物理學家目瞪口呆的看著突然變成強盜的女郎。但是女郎又很快的將手機還給他，「有事打我手機。」然後轉身走人。

準人瑞雖然有點惱怒，誰被討厭會開心的啊?!但是無所謂，反正只是保鏢任務。既然能夠監視行蹤，超視距保鏢從我開始。

所以準人瑞是消失在物理學家的視線之外，但是跟蹤保鏢的工作還是相當敬業的執行。

「早就跟妳講了，比起來何總裁性子還比較好。」黑貓幸災樂禍的遠端心電感應。

「……其實釜底抽薪，還是宰了何總裁最理想。」準人瑞真的認真考慮過，「有沒有能騙過天道……」

「沒有！」黑貓飛快回答，瞬間鬱悶了，「我已經努力克制，不要誘導我再去想不該想的。」

「什麼不該想的？消滅何總裁？」

「不跟妳講了！」黑貓氣呼呼的斷線。

但是該來的還是要來。系統還是穿越時空，讓何總裁重生了。如此突然，如此讓人措手不及，黑貓和準人瑞一陣手忙腳亂。

可對一無所知的物理學家來說，就是兄弟何總裁約他吃飯，他赴約進入包廂，何總裁突然精神錯亂，一個餓虎撲羊差點將他強吻了，嘴裡還不斷說著瘋話。

他費力抵抗，可惜身體實在太沒用。正怒火中燒心跳得要罷工時……女郎一腳踹開大門，眉眼含霜怒喝，「畜生滾開！」就和何總裁打了起來。

穿著細高跟的長腿將種馬總裁踹出去，何總裁跪地吐了起來。

最後的景象是，女郎接住了將要暈厥的他，所以能望著她堅毅的臉龐與下巴。

再醒來已經是醫院，轉頭看到她戴著眼鏡看一本很舊的小說。

「醒了？」她原本嚴肅霜冷的容顏溫和起來，「想喝水嗎？」

物理學家望著她，久久不語，「妳瞧，我有心臟病，可能活不過三十。」他的聲音很啞很微弱。

不會的。準人瑞暗想。起碼能活到三十七呢，解決掉何總裁的話……咳，總之保護你到那時是我的責任。

「是喔。」她淡淡的回答，拿了放了吸管的水讓他喝。

結果等物理學家再次睡過去，準人瑞才後知後覺的想到，物理學家在解釋他為何拒絕任何人。

……這孩子比想像的還善良啊。

想想上個任務，沒幾年好活，還是不是跟萊因德混得那麼熟，從來沒想過她若掛了萊因德會有多難過。

所以她跟物理學家說，「朋友這回事嘛，弄成買賣就太傷感了。有句話我很喜歡，『白首如新，傾蓋如故』。所以不要斤斤計較於壽命長短，也無須為了生離死別而膽怯。只要相處時有過一刻開心，什麼都是值得的。」

這點她相當有自信。萊因德有她當朋友可是賺大發了，敢說一直到她死那刻前萊因德都很愉快，畢竟她是那麼使人如沐春風的人……她願意的話。

物理學家一直沒說話，蒼白脆弱的躺著。

「……為什麼呢？」他幾不可聞的問。

這還真不好回答。準人瑞想了想，「嗯，因為我生來就是要護衛你的。啊，如果你討厭我，我可以盡量不出現在你眼前。」

「謝謝。」他微微一笑，「早該說了，謝謝妳。」

準人瑞大方的點點頭。

他們都沒提起何總裁。事實上，因為身體嬌弱的緣故，身法和「武器」都不得不下工夫。所以挨了一記細高跟飛腿的何總裁此刻也在住院中，畢竟此界同樣也有中醫式微的問題，被踢中穴道還是當胃潰瘍治療……相當牛頭不對馬嘴。

不能要他的命最少不要來眼前討嫌。這是準人瑞最後的底線。

所以物理學家住院期間倒是很清靜，也足以讓他慢慢消化接受何總裁發瘋的事實。

但是黑貓欲哭無淚。

系統比他想像的狡猾奸詐許多。雖說是靈魂綁定，但是人家系統可以躲藏到其他時空內，所以他屢屢撲空。

最後他跑來找準人瑞哭訴。

「……我不懂。」準人瑞困惑，「系統到底裝哪家電池？穿越時空不是需要很大的能量嗎？這電池也太猛了吧。」

黑貓噎住。他很難跟準人瑞解釋系統的能量系統如何運轉，但是的確，系統這小混蛋不能夠永無止境的穿越時空……幾次就沒電了。

「羅我愛妳！」他歡呼的撲上來親了羅的臉。

準人瑞無情的將他拽到牆上去。

黑貓含著眼淚回去玩貓捉老鼠，可惜他是菜鳥，系統老奸巨猾。所以他被系統扔出來的廢殼調虎離山，系統悠哉的給何總裁發任務並且給予獎勵。

畢竟現在的何總裁不是單純的小種馬，而是十年後黑白兩道都有勾結心黑手辣的未來式。系統頒發的任務是要他先清理後宮。畢竟不管想追上妹子還是漢子，最重要的是表達專一的決心。

反正追上吃定後，後宮隨時可以重建，舊的不去，新的不來。

重生的何總裁非常果決，只花了一天就將後宮解散。凡事捨得撒鈔票都很快，錢不能解決問題，那暴力也可以。他還因此提前和黑道建立初期友好的關係。

於是何總裁激動興奮的捧了九百九十九朵玫瑰出現在物理學家面前……就將他正正的堵在中研院的門口。

這傢伙……想製造輿論毀物理學家的名譽啊！

其實出櫃也沒什麼，問題是物理學家根本不在櫃子裡，出個毛櫃。

距離物理學家還有兩百公尺的準人瑞全身緊繃，聞著味道不怎麼對勁的香氣居然身心為之一蕩……大驚失色的她一面衝刺，一面掏出萬靈藥般的公子白蛇蛻。

之後的發展出乎任何人意料之外，何總裁居然沒能越雷池一步。

路上所有女人像是末日殭屍般瘋狂湧向何總裁，他不得不轉身就逃。不要說玫瑰了，連他身上的衣服都扯得剩下內褲。

準人瑞將物理學家護在牆角才免得被擠倒，她深深覺得自己的後背有無數瘀青。

追得快斷氣的黑貓喘著大氣，「……蠢貨系統居然給了荷爾蒙香水這種大殺器。」

「是大殺器沒錯。」準人瑞驚魂甫定的護衛著物理學家，「可是……」

然後她悟了，並且哭笑不得。

荷爾蒙香水功效大概就是誘惑異性，想讓心上人投懷送抱真是殺人於無形。

但是，物理學家和何種馬是同性別。

這系統的智商真是感人至深。

想想雖然是高階任務白皮命書，可也只是危險度淺黃，系統智商好像也不怎麼令人意外。

這次物理學家終於同意搭計程車回家，「我能問阿天到底是怎麼回事嗎？」

準人瑞護著他的頭讓他坐入計程車，淡定的回答，「噴錯香水。」

回家後電視報導了這個萬人空巷的奇景，黑貓倒在準人瑞的沙發上奄奄一息自暴自棄。

剛才感慨過系統智商感人，沒想到黑貓居然更感人的被它耍了。準人瑞默默的想。要不是自家寵物，她都想要不要換個上司。

「呃，沒事。」準人瑞沒什麼誠意的安慰，「抓不到系統也沒什麼……反正關鍵時刻掉鏈子什麼的，早就是你的特色了。」

黑貓哭了。

「我會護衛好物理學家的。其實我仔細想過，只要能保他到最後，最少也是合格，系統抓不到就抓不到。」準人瑞淡淡的說，手裡整理著剛送到的宅急便……一大堆藥材。

「……羅，妳在做啥？」黑貓哽咽的問，準人瑞此刻正在擺弄藥材和一堆試管燒瓶，味道非常不祥。

「麻沸散加方噴劑。」準人瑞脣邊的微笑更不祥，頗有黑化的趨勢，「不能弄死只好設法放倒。誰讓我現在太嬌弱呢？」

……為什麼我覺得不是放倒這麼簡單呢？「別衝動，拜託，別衝動！」黑貓立刻收起眼淚和頹廢，「我會解決掉那個蠢貨系統的！」

他非常振奮的衝回去盯梢何種馬，並且和系統鬥智鬥勇。

果然是尚未成年的小排骨少年，情緒變換真是快。準人瑞搖搖頭，繼續調配藥劑。系統連荷爾蒙香水都弄得出來，什麼大力丸、敏捷丸有的沒的搞不好也有。蒙汗藥都不足以抵抗了，只好將麻沸散噴劑搞出來。

這身體太嬌弱了。就算是運轉心法能扛鼎，肌肉骨骼承受不住也沒輒。像是現在，後背還一陣陣的發疼，上藥困難，只能藥浴，藥汁還在爐上熬呢。

此時門鈴響了。

打開門，只見一只籐籃。裡面有個三明治和牛奶，還有一瓶味道超大的藥酒。藥酒的標籤是物理學家的筆跡。

這橋段，怎麼有青春電影的味道。準人瑞啼笑皆非。

只是沒有鹽的三明治實在有夠難吃。她都懷疑自己在吃貓食。

環繞著物理學家的攻防戰緊張展開。

一發現系統如此高能，準人瑞不得不悄悄在物理學家的家門口偷裝監視器，並且在公寓樓頂也加裝了一個，二十四小時監控。

甚至研發了一個面部識別系統，一旦何種馬出現在監控畫面，會發出警報聲響。

也幸好如此，剛好攔截了何種馬的入侵。在物理學家不知情的情況下，將何種馬打發了。

「重新得回十年青春，你何不繼續從事花花公子這個相當有前途的行業？物理學家應該嚴正的拒絕過你了吧？」準人瑞真的發火了。

何種馬一愣，眼中洶湧出無比的殺氣……然後被準人瑞巴了一下腦袋。被拗著胳臂、臉抵牆壁還硬扭著腦袋發射殺氣有什麼用？還不就仗著祖媽不能殺人？

「那點祕密誰不知道？」準人瑞輕蔑，「乖乖在頂樓挨凍吧，放心，還有十二度，凍不死你。」她異常敏捷的喚出荊棘將之捆上。

「妳懂什麼？妳懂什麼！女人只是傳宗接代，同性才是真愛！直到失去他，我才知道我失去什麼……他就是我的心，他的死將我的心也帶走了!!」何種馬嚎叫。

準人瑞忍無可忍的在他後頸捏了一下，讓他直接昏過去，世界安靜了。

她承認自己不懂愛情，特麼的聽到真情告白只想就地找垃圾桶。

將何種馬扔在樓頂，她悄悄的下樓回家。

第二天，她若無其事的護送物理學家上班後，聽說何種馬拚命喊救命，終於有人來救時，發現他手腳空空，連點痕跡都沒有，更不要談什麼捆綁。

所以準人瑞一臉糊塗的到警局說明，也非常平安的做完筆錄就回來。

畢竟暴躁得像恐龍的何種馬看起來超像有妄想症的，柔弱的劉小姐又一臉純良。在沒有證據的情況下，誰比較靠得住自不待言。

物理學家好像察覺什麼，只是盯了她幾秒，卻沒說話。

「其實他只是沒事幹。人生毫無缺憾，要什麼有什麼，太無聊了。」他淡淡的說，「大概是玩女人玩不出花樣了，想試試看別的？」

難得聽到物理學家對她講了這麼長的話……而且一針見血略毒辣。

「你們感情很好嗎？」準人瑞問。

物理學家輕嘆，「小時候有段時間他以為我是女孩子。發現不是時他很火大。如果扔蟲子和死蛇到我身上是種情感交流，那應該算挺好。」

「我們是鄰居，所以國中前都同校。」他皺著眉仔細回憶，搖搖頭，「我們就是很平常的朋友和同學。我不知道……為什麼他會開這種，玩笑。」

「沒辦法，這世界充滿瘋子。我們沒辦法為這些瘋子的行為買單。」準人瑞淡淡的說，「嗯，只是建議。為了不刺激瘋子加重病情，我勸你將他設為黑名單，不要跟他說話，省得損害自我的身心健康。」

「我會考慮。」物理學家微笑。

黑貓洋洋得意的回報，他撓了系統一爪子，雖然還是1%飲恨，讓它逃了，但修復需要大量能量，想要發布任務給獎勵，短時間是辦不到了。

……堂堂大道之初小Boss，對付個危險度如此之低、明顯智商不足的系統還讓它逃了，有什麼好得意？

不過準人瑞還是敷衍的誇獎了他一下。

「可何總裁的未來式很危險。」黑貓皺眉，「他開始接觸黑社會了。真不懂，他有錢有事業有氣運，揮霍到死都沒問題，為什麼要涉嫌那些黑色產業？」

「找刺激。」準人瑞說。

黑貓思考，不得不承認這的確有可能。「妳……妳還是小心點。我有不好的預感。」

準人瑞笑笑，「危機就是轉機。他不這麼幹，我還真沒法坑他呢。」

黑貓緩緩的，緩緩的……炸毛。

每次準人瑞想坑人時總是散發著漆黑又危險的氣息，非常愉悅的，卻讓人從骨子裡寒起來。

「我、我還是回去盯著吧。」黑貓嘍的一聲，逃命似的消失無蹤。

明爭暗鬥了幾次，何總裁每每鎩羽而歸。準人瑞等得有點心急了，這孩子才想到不該親身上陣，有錢還不能雇幾個人給那小娘皮好看？

珍藏許久的電擊小珠包堂皇上陣，將這群小混混電得哭爹喊娘的，順便把原本要綁架她的小巴士輪胎全給扎破了。

然後報警，眼眶紅紅故作堅強的微抖聲音作筆錄，真觸動了警察大人內心深處的憐憫和憤慨。這下子小混混收押，循線偵查的結果應該很有意思。

黑貓微微抖了抖。羅的演技真是越來越精進，這世界欠她一個小金人。

這樁綁架未遂案差點燒到何總裁身上，費盡九牛二虎之力才脫身，但是警察也不是傻子，已經埋下懷疑的種子了。

憤怒的何總裁將辦公室砸了一通，跑去健身房發洩了一下午還是心火未消。

他早就認定劉秘書身分不簡單……很可能跟他一樣，她的系統可能是貓形態，跟自己蛋型的系統應該是敵對。

所以才會突然武力大增，還知道他重生的祕密。

此女不可留！早已染得透黑的重生何總裁眼中露出猙獰。原本只是嫌她礙眼，想把她綁架賣出國去，現在是乾脆的要下死手了。

一想到她可能從「系統」那邊也得到各種獎勵，他不再浮躁，而是冷靜下來思考。

但是那個女人為什麼巴著華華不放？嚴防死守，寸土必爭。

難道？何總裁靈光一閃，像是系統發任務那樣，華華也是那女人的任務？先是放心後又咬牙切齒，果然這女人就是不安好心、別有用心！

何總裁果斷換了個門號手機撥給物理學家。下班了，華華應該會接手機才對。果然，物理學家接了電話。

「華……舜華，好久不見。」何總裁激動得眼眶紅了。

沉默了幾秒，「阿天，好久不見。」

沒掛電話就是好消息！何總裁深深吸了口氣，他就是太急躁了，嚇到了華華。電話好，有點距離、見不到面，能夠慢慢哄回來，溫水煮青蛙。

雖然他思念得心都疼了，只想將華華柔弱的身軀抱個滿懷，永遠禁錮著讓他再也不能離開。

電話那頭良久不語，物理學家還以為斷線了，喂了一聲。十幾年的朋友不容易，到現在他還覺得何總裁只是閒極無聊異想天開，指望哪天能清醒過來，還能偶爾吃頓飯呢。

再怎麼能夠忍受寂寞，物理學家還是個人類，有群居的需求。

「聽我說，舜華，那個女人不是好人！」何總裁不提餓虎撲羊的事情，直接將個重磅炸彈覆蓋了，「她無時無刻的在監視你，你的行蹤她瞭若指掌！……」

默默的聽了一會兒，物理學家苦笑一聲，「阿天，你說說看，為什麼她要這麼對我？她能圖什麼呢？」

何總裁煩躁起來。華華明明偏向那個死女人。「她那種女人能圖什麼？不就是……」他猛然煞車，才沒把「任務」兩字漏出來，「錢。她一定是把你家的情況都打聽完了！」

「那她打聽得不夠細緻。居然不知道我沒幾年好活，名下財產就這麼點，也活不到能分遺產的時候。」物理學家語帶嘲諷的說。

何總裁被刺傷了。舜華完全不相信他，字字句句都在為那女人。所以他暴怒的吼，「不然她還圖你感情？別幼稚了舜華，除了我誰還會愛你?!」

物理學家沉默了幾秒，冷漠的說，「再見。」就把電話掛了。

大驚失色的何總裁撥了幾次，才後知後覺已經被拉了黑名單，啪的一聲將手機砸在牆上四分五裂。

著。

默默跟著物理學家的準人瑞，在他一接起手機時，就自動退到聽不到的距離跟隨

她畢竟是保鏢不是他媽，就算是當人家的媽，她也會尊重孩子的隱私不聽人手機，何況是物理學家。

所以物理學家收起手機卻站在那兒不動，她才詫異起來，緊走兩步才看到物理學家面白如紙，正抖著手含了一枚藥錠。

「你還好嗎？」準人瑞擔心的問，「需要坐一下嗎？」於是她從背包一掏，掏出一個小折凳。

看了看她那個裝飾意味大過實用的小背包，和這個明顯不可能擺進去的折凳。物理學家慢慢的坐下來，看她繼續變魔術似的變出礦泉水和吸管。

真想將那個小背包搶過來看看，到底是不是四度空間袋。

劉小姐一直很神祕。神祕到他想了一切可能結果都是不可能。甚至，他腦洞大開的想過，劉小姐說不定是外星人……但是外星人能懂中國功夫嗎？物理學家的身體很不

好，但是家庭還是有點底蘊的。

劉小姐就是那種練家子。

或者像電影演的，來自未來保護他的戰士？別傻了，他研究課題到現在還是被嘲笑非常科幻，跟機器人完全不搭邊。實在腦洞開得多大都不可能和拯救世界有關。

一分心，情緒反而很快的平復下來，難受勁兒也過了。

他站起身，看著劉小姐一樣樣的往那個小背包裝，還一點都沒鼓起來，他忍不住說，「這不可能。」

準人瑞愣了下，點點頭，「可不是嘛，是不可能。但是別問，我不能告訴你。」

……這訊息量已經給超大了好嗎？

「所以劉小姐，妳到底是……什麼？」物理學家定定的看著準人瑞。

這麼漂亮的眼睛藏在厚厚的眼鏡後面真的是為了給世人活路。準人瑞暗暗感嘆。

她考慮了一會兒，「我是老天爺派下來的天兵，為了護衛你而來。」

「真的是外星人？」物理學家思考後問。

「不是。就是我說的意思。我就是來保護你的，讓你不受其他人的困擾，快快樂樂的活著。」

物理學家不解，「為什麼？為什麼老天爺……要為我如此費心？」

「那當然是你很重要。未來你會史冊留名。」準人瑞點點頭，「能護衛你是我的榮耀。」

物理學家笑，先是微笑，然後哈哈大笑，好不容易克制住情緒，卻還是捂著心臟臉孔有點蒼白。

「妳看，我不能難過不能哭不能怒不能笑。」物理學家深吸了幾口氣，「但我還是很愉快，謝謝。」

準人瑞無奈的點點頭，她知道物理學家一個字也不相信。

但是防備輕了很多，所以她能扶著物理學家的胳臂將他送上樓。難怪他要如此孤高不與人來往，情緒波動就是索命符啊。

「我能用你的廚房嗎？」看著光禿禿什麼擺飾都沒有的客廳，準人瑞叫住了往寢室去的物理學家。

他張大眼睛，欲言又止，最後還是點頭回房了。

準人瑞翻了冰箱，淘米用電鍋煮了碗白粥，鹽水煮了點花生，醃了一碟小黃瓜，放涼了就放入保鮮盒，冰冰箱裡。

桌上留了紙條，在房門口傾聽，呼吸頻率正常平穩，這才放心走人。

第二天物理學家走過小巷來按門鈴。

準人瑞吃驚，臉上還是不動神色的來開門，「早。」

「稀飯很好吃。」物理學家遞出一個籐籃，「午餐。放冰箱吧，回來吃。不急，我等妳。」

不知道如何推卻的準人瑞將籐籃提進去……看著廚房的另一個籐籃哭笑不得。

籐籃裡有個保證健康也保證不好吃的三明治。全麥麵包，大量生菜和番茄切片、洋蔥、雞蛋和鮪魚。什麼醬也沒有，只有點黑胡椒粒。

不放脫脂牛奶了，改成一瓶羊奶。還有一個蘋果，不大好看，卻飽含水分，大概是整籃裡頭最引人食欲的食物。

通通塞入冰箱後，準人瑞趕緊出來，物理學家還站在門口沒有進來。

「籃子晚上我提去還你。」

物理學家笑了笑，舉步，「不要緊，我很多。」

準人瑞呵呵。小朋友別在祖媽面前裝樣兒，淡定個什麼勁啊，真淡定手指別抖，耳朵別紅啊。

不過她也沒戳破。實在是物理學家活得太自律也太慘了，她都不免心生憐憫。

當天晚上準人瑞去歸還兩個籃子，物理學家若無其事的請她留下吃飯。

準人瑞硬著頭皮答應了。

果然健康得不得了。一大盆五顏六色的蔬菜沙拉，一碗五穀飯，煎熟的牛排。最後物理學家細心的給了她一小瓶醬油和一罐千島沙拉醬。

「抱歉，忘了我們口味可能不同。」物理學家有些歉意的說。

「健康飲食很好。」準人瑞往自己的蔬菜沙拉上倒千島醬，賣力的嚼著五穀飯。其實偶爾吃吃還是行的，醬油真是中國最偉大的發明。

「我能看你的病歷嗎？」準人瑞問，「我想知道你能吃什麼、不能吃什麼。」

或許是她問得太自然，物理學家居然也不覺得有什麼不對。「我只有份前年的病歷副本。」

「那夠了。這兩年應該沒有什麼大的變化吧？」

吃過飯後，準人瑞將他的病歷借走，然後提議幫他把脈。把完沒說什麼，碗也沒讓她洗，全是洗碗機的事兒了。

一路走，準人瑞的眉頭越皺越緊。

物理學家的存活，簡單說，就是個奇蹟。他那宛如玻璃的心臟居然還在努力運作，支持他如同常人，真不容易。

但是想了幾天居然束手無策。他的身體太孱弱了，心臟嬌脆得承受不住任何藥力。想來想去居然西醫的處置是最好的。

食療？

可他已經吃得太健康了，她還能做什麼呢？唔，健康飲食卻食量很小，想想也是，誰長年累月吃這個都會生無可戀。

剛開始只是熬粥。別小看熬粥，給物理學家做飯跟化學實驗沒兩樣，調味料都得精準到毫克，美味和健康往往是衝突的，如何取得平衡點才是困難點。

果然物理學家非常捧場，往往能吃完一大碗粥。果然他還是比較喜歡中式料理，三明治什麼的只是最簡單又最健康。

後來準人瑞包了他的中餐便當，此界的保溫便當盒很不錯，早上做的飯菜，中午打開還是熱騰騰的。

至於早飯和晚飯……還是讓物理學家自己主張吧。她只是希望物理學家能吃點好吃的，卻不是想要控制他。

物理學家平靜的接受了她的善意，然後準人瑞發現自己再也不用買菜了。物理學家一直都是網購，順便也幫她買了一份。

想想也沒拒了。難道本祖媽的手藝還不值這點菜？在側的黑貓當然不敢說不。他甚至沒提這種有機蔬菜肉類套餐，其實真的很貴。

反正物理學家不差這點錢。正在啃雞腿的黑貓想。而且羅的手藝實在是太棒了，簡直可以橫掃諸界。

差點把自己家拆了的何總裁發怒數日，然後才發現自己腦殘了。

即使不能到華華的家將他變成自己的人很遺憾，但怎能因為一次意外就不再去中研院接送？

系統也承認是香水錯誤，不是那死女人有什麼特異功能。

只是系統好些天都不見蹤影了。他還是對那個女人有所忌憚，想對抗她還是需要系統的幫忙。

只是遍尋不獲的系統終於給了他訊息……一張小紙條。告訴他，它受傷很重，急需能源。所以希望他能抵達發電廠之類的能源處附近三公里內，因為它雖然能躲到其他時間，卻無法改變位置……依舊要依賴何總裁的移動。

於是他接了這個任務，驅車往核能發電廠。距離五、六公里時，他感到系統出現，然後嗖的一聲往核電廠奔，驟然的發生了大停電，好幾個城市都暗了。

系統扔給他獎勵就跑了。何總裁只感到一股勁風疾過，卻沒看見氣急敗壞的黑貓。

但是他也不在乎了。因為這獎勵實在是太妙了，給了他無窮的信心。

他志得意滿的去中研院堵人，獰笑著朝著準人瑞按下「金手指無效化噴劑」。

準人瑞大驚，但是兩秒過去什麼事都沒有。趁她愣神時，何總裁一個箭步拉住物理學家，興奮得發抖，「走，華華，跟我走。」

物理學家掙了一下，「別拉扯，有事這裡說。」然後他感覺不妙，何總裁的眼神完全不對，整個毛骨悚然起來。

然後一條穿著細高跟的大長腿踹過來，三兩下解除了物理學家的危機。

「嗯，聽到沒？想說什麼就在這兒說，別動手動腳的。」準人瑞機警的將物理學家護在身後。

「……不可能。」何總裁滿眼不可置信，「怎麼可能沒事？妳的金手指應該都無效化了！」

準人瑞嚇了一跳，然後發現，紅寶石戒指真的打不開了。

嗯，所以呢？

健康屬性是內建的技能，不算金手指。紅寶石戒指打不開，荊棘是長在外頭當戒台的。公子白的蛇蛻在腰。然後她需要開紅寶石戒指嗎？

準人瑞揚拳給他強而有力的回答。

何總裁跟發瘋了一樣，讓準人瑞感到有些吃力。正想發大招，結果物理學家已經將警衛招來了。

於是懂得因時制宜的準人瑞咬牙，故意沒閃過，正面挨了何總裁一巴掌，半邊臉都腫了。

「住手！」警衛上前制止，瘋魔的何總裁見人就打。準人瑞偷偷笑了一下。

中研院是國家重中之重，這裡配備站崗的是正規軍方特戰隊員。何總裁想揍的是警衛長，軍官。

所以下場也是挺慘的。聽人渣慘叫總是無比愉悅。

物理學家沉著臉，「……妳明明躲得過。」

準人瑞感覺難辨了，跟智商太高的人就是麻煩。

「是。」因為臉腫得厲害，她說話有點含糊，「而且我是故意的，這次應該能夠讓他在牢裡安靜幾天。」

「為什麼？」物理學家臉色發青，「我不懂……」

「因為你就是因為他而死。被他反覆的意圖強暴而入院……你合法推理一下就知道會如何……」

然後準人瑞沒辦法說話了，她七竅一起出血，頭疼得像是挨了幾百把斧頭劈。

媽蛋，天道警告！

毫無辦法的噴了一大口血，她昏了過去，物理學家只來得及接住她的腦袋才沒撞得頭破血流。

眼睛睜開就是黑貓臉的大特寫，一雙碧綠的眼睛發著凶光，很有恐怖片的感覺。

當機立斷的，準人瑞立刻先手，「系統抓到了嗎？」

原本醞釀著開噴的黑貓立刻萎了，「……沒、沒有。」他辯解，「剛奪了一個核電廠的能源，我差點被電死！這玩意兒不是東西！太可惡了……」

準人瑞凝視著黑貓的眼睛，「……我一直想問。為什麼你逮捕系統的時候，維持著貓形態？難道不能恢復人形嗎？就算只有八百萬分之一的神通，最少也能遠程法術攻擊吧？」

黑貓如遭雷擊，張著嘴愣了半晌，然後含著淚蹲牆角畫圈圈。

是的。他完全沒想到。居然很蠢的用爪子和嘴巴去逮捕系統……結果他就是在咬住系統時被電得骨骼歷歷可數。

準人瑞也沉默了。她原以為有什麼限制還是規則，沒想到只是玄尊者的腦容量太小。

直到警察來病床前做筆錄，黑貓才發現被準人瑞先下手為強了。

準人瑞可說是傷痕累累……畢竟劉巧音嬌弱的身軀非常容易瘀血，和何總裁劈哩啪啦拳拳到肉的打了一場怎麼可能完好，不過是皮肉傷。

但是很巧的胃部有塊瘀青，而被天道警告的內出血，正好就是胃出血。

醫生說得很複雜，總之就是原有的胃潰瘍因為外部打擊導致出血。

這問題可就大了。

雖然何總裁的律師很盡責，辯解是互毆……但是瞧瞧身高一八六、滿身肌肉的何總裁，再看看身高一六五、前凸後翹、細皮嫩肉的劉小姐……嗯，互毆？

調出監視器錄影帶一看，何總裁虎背熊腰的籠罩下，看起來就是在脅迫兩個可憐的小情侶，一言不合就開打，怎麼看都是劉小姐正當防禦，還沒防禦成功。

事實勝於雄辯，何總裁被收押了。直到最後何總裁都沒明白，他就敗在不知道監視器在哪，不知道如何正確走位。

問題是，傷害罪是告訴乃論，原本檢察官希望能和解。但是準人瑞能白挨這次打嗎？別傻了，她忍著噁心觀賞了兩年的國家地理頻道之種馬人生總不會什麼都不幹吧？

是的，她是個非常厲害的駭客。對何總裁公司的電腦系統自然瞭若指掌。何總裁重生後和黑道勾結，甚至提供技術和原料製毒的所在地，用合法掩飾非法的手段非常清楚。

於是這些透過各路監視器拍照留存的資料，打包直接寄給了緝毒組、檢察官、法院……直接駭進電腦擺在桌面上。

這些都在病床上，靠著一台小筆電完成的。

何總裁被逮進看守所幾天，交保候傳出來就變天了。於是又被逮進去，看起來應該有段時間看不到他……很長一段時間。

但是司法機關也很慌亂，因為那個署名「ghost」的駭客，就這麼大剌剌的侵門踏戶，怎麼也追查不到他，好像真的就是鬼魂一般。

警察也曾懷疑過準人瑞和物理學家。但是這兩個人都在住院，而且情況都不太好，實在不太可能。

準人瑞安然的過關。

最終還是物理學家比較堅強，青白著臉坐輪椅來探視奄奄一息的準人瑞。很想告訴他，只是被天道懲罰，而這個天道比較古板嚴厲……但是她什麼都不能說。

物理學家默默無語的看了她一會兒，嘶啞的問，「所以是洩漏天機的懲罰？」

準人瑞不敢點頭，只能無奈的看著他，轉移話題，「你還好嗎？」

「沒事。」物理學家慘澹一笑，「比妳好得多。」

「抱歉。」準人瑞輕嘆。

物理學家沉默良久，「一直以來，我對妳只有感謝。」

「嘖。朋友家不說這個。」準人瑞淡淡的笑。

結果物理學家出院了，準人瑞卻多住了一個多月。天道的警告超級厲害，總是讓她保持一日一吐血，健康屬性再怎麼運轉也沒用。

每天物理學家下班就會來探望準人瑞，然後帶各式的粥。份量很少，熬得稀爛，並且一如既往的健康卻難吃。

準人瑞出院時明白了何謂「嘴巴淡出鳥來」。只是天道懲罰並不真的是胃潰瘍，真是寶寶心裡苦，可是寶寶不能說。

至此她對天道多了幾分敬意。

因為出院後她掉了十公斤，沒有一條褲子合身。

黑貓幸災樂禍，「所以就告訴過妳要保持敬意……明白了吧？」後知後覺的他才算起帳，「差點把我嚇死好吧!?生命顯示立馬變紅色，鮮紅！那時我跟那破玩意兒打生打死的，羅妳能不能讓我省心點!!」

「打生打死結果還是讓系統逃了。」準人瑞淡淡的說。

一箭飆血，黑貓繼續去牆角畫圈圈。

下班時間。走到門口，就能看到女郎昂首闊步，器宇軒昂的走過來。

總是穿著小西裝搭長褲，隱約的看得到鞋尖。鏗鏗走過來時總是抬頭挺胸，背挺得特別直，氣勢凜然。

所以他在心裡都稱呼她為，女郎。

眼神清澈，毫無畏懼的女郎。

出院後瘦了許多，原本合身的長褲都有點飄了。但是步伐還是那麼堅定、無畏。

曾經有過許多猜想，但是現在，他覺得，不管她是誰，來自何處……或者什麼時間，那都不重要。

或許他蒼白嚴厲的人生裡，鬆懈一點也不會被責怪吧？

看著她向自己走來，心裡就有一點點竊喜的滿足。哪怕關係很奇怪，他還是感覺到那一絲絲不會讓人知道的，愉悅。

「嗨，物理學家。」

嗨，女郎。

他小心翼翼的保持著距離和不遠不近的關係，把每一天都當作最後一天來過。

既然警報解除，或許女郎會離開。

想過自己會不會難過還是痛苦，情緒是否太波動。

應該不會。他想。原本就是個意外的奇蹟，他只覺得感謝上蒼。除了書和物理外，還讓他擁有這麼奇妙的邂逅。

……結果一年過去，女郎居然還在。她還幫他慶祝了生日。

「嗯，我很不擅長選禮物。」女郎說，「你還是直接告訴我，想要什麼禮物好了。」

他沉默了半晌，說，「其實我不叫『物理學家』。可否稱呼我的名字？」

女郎睜大眼睛，「呃，舜華。」

之後她送了一盆花給他，是一盆白木槿。

是的，這就是他名字的由來。舜華是木槿的古稱。木槿朝開暮謝，只有一天的生命。他出生時就發現有先天性心臟病，可能遺傳自祖母。悲痛欲絕的父親替他取了這個名字。

他的出生對這個家庭簡直是個噩耗，父母感情差點因此破裂。誰也不知道，他記事極早，所以知道自己對這個原本完美的家造成多大的傷害。

其實他的父母兄姐都很愛他，但是他並不願意成為任何人的負擔。所以他情緒很少波動，極度遵從醫囑，卻堅持自立的緣故。

盡量活得長、活得好。這是對他父母兄姐的報答。但是活得有意義，活得有尊嚴，是他對自己短暫生命的交代。

舜華在遠古時曾是最美麗的花。他也希望能活得那麼燦爛。

就像這盆白木槿。

直到有一天，他到女郎家作客，意外在她電腦裡發現了一個檔案，裡頭都是他的監控畫面。

他慌亂的關閉檔案，離電腦盡可能的遠。

心跳得太快。他顫抖著手取出藥錠含著。想了兩天，最後鼓足勇氣，跟女郎求婚。

女郎不知所措，沉默良久，居然同意了。即使做足了心理準備，他還是差點激動得發病，緩了好一會兒才能幫她戴上戒指。

黑貓的嘴能塞一個雞蛋，呆呆的望著準人瑞。「……哈？為啥？羅妳……」

準人瑞皺著眉看著手上的戒指，「反正有充氣娃娃能身代。」

「不，不是這個！」黑貓眼中閃爍著無窮的八卦因子，「哇喔！妳居然會答應物理學家的求婚！難道這就是愛～」

「不是。」準人瑞扁眼，「嗯……物理學家這一生幾乎什麼都沒有。這麼一點小小的願望，能滿足還是滿足他吧。」

黑貓充滿失望，「只是可憐他？這理由也太遜。」

「嘖，能讓我憐憫到願意結婚的也沒幾個好吧？」準人瑞睥睨，「物理學家該覺得榮幸。玄尊者，你有空關心我的八卦，還不如花點時間去追查系統好嗎？」

黑貓泣奔。

之後準人瑞和物理學家只到公證處登記了一下，請了中研院的同事吃了頓飯就完了。

然後準人瑞提了皮箱搬到物理學家的家裡，花不到半個下午。

其實她對物理學家懷著歉意。這孩子愛著劉巧音，愛得隱諱而深沉，可她卻只是憐憫。

或許他也明白，僅僅如此，他也非常滿足而快樂。

要求太少太容易滿足的孩子總讓人心疼。

結果洞房花燭夜有點慘，當天差點送了急診，只是物理學家死活不肯，之後準人瑞才知道連滾床單對物理學家來說都是重勞動……

這樣也好。

只是充氣娃娃只能浪費了。

這種糗事沒有一個男人能夠接受的，哪怕是一直自牧甚嚴的物理學家。

還是準人瑞一句話打消了他的困窘，「正好。反正我有性交恐懼症。」

物理學家完全被治癒了。

然後準人瑞覺得自己欺負小孩……還是個這麼單純又可憐的小孩。

只是她總覺得忘記了什麼事情，結婚快一個禮拜還是想不起來。直到她聽見物理學家輕描淡寫的打國際電話，說，「媽，我上週五結婚了。」

她猛然驚覺這事兒辦的，先斬後奏，完全沒有通知物理學家的家長。至於劉巧音的家長……沒事，她是小說主角最流行的身分，孤兒。大道之初也是想找個麻煩最少的原身降臨，可以卻除許多變因的。

沒辦法，她一世帶十幾個任務唯我獨尊，從來沒有這方面的煩惱。所以，真給物理學家的父母投下一枚重磅炸彈。

都能聽到話筒那頭驚慌失措的叫喊。

她開始有點後悔，這婚結得似乎不值得……太麻煩了。

掛了電話的物理學家看著她，「我爸媽會來看看妳。」看準人瑞的眉頭皺起來，「我們已經結婚了。他們不能讓我們離婚……」他強調，「妳也不能。」

哇喔。這話是幾個意思？宣告主權還是表明所有權？

準人瑞揉亂他的頭髮就算了。什麼場面沒見過啊？小意思。

四天後，物理學家的父母返國，第二天就有司機開車來接人了。

雖然說物理學家他們家都遷居國外多年，但是國內還是有他們的老宅。歐式別墅，大片草坪和花園。鄰居非富即貴，可說是現代社會裡的貴族階層。

不過這能跟準人瑞當親王那會兒的親王府比麼？也就是個王府院子的規模。

所以她異常淡定的走過漂亮花園進門，在物理學家的介紹下，更淡定的喊爸爸媽媽。

物理學家的爸媽很符合想像，王爸爸高大英挺，王媽媽成熟漂亮。想想能生出物理學家這樣姿色的爸媽，那真差不了。

至於審視的目光……誰家病弱美麗的小孩突然被個不知道從哪來的野女人拐了，當爸媽的怎能放心，恐怕書桌上就擺著各路私家偵探查來的資歷，應該查了個底朝天。

準人瑞非常諒解。畢竟她也是許多人的祖宗，家長心理她明白。

王媽媽熱情，又略顯矜持，接著跟準人瑞嘮叨起物理學家的點點滴滴，王爸爸已經將物理學家捉去審問了。

準人瑞啜了口紅茶。嗯，一分錢一分貨，這茶真是不錯。

最後王媽媽放準人瑞回房的時候，物理學家還沒回來。

當然的。那麼久沒見到小兒子，當媽的非好好瞧瞧。

站在落地窗前面，湊熱鬧的黑貓跳上她的肩膀，「喏，看到那截白色的牆沒有？那就是何總裁的家。這兩家是最近的鄰居。」

在樹木和玫瑰圍籬中，隱約能看到白牆。

「你還是回去盯著何種馬吧。」準人瑞淡淡的，「萬一系統又出現作怪了。」

黑貓吹鬍子瞪眼睛，發現準人瑞無動於衷，他有點氣餒的說，「裝瘋著呢。大概想以精神不正常為由辯護，正在鋪墊。奇怪的是，系統居然一點影蹤和氣息都沒有。」

準人瑞也沒辦法給任何建議。她壓根就沒見過活的系統好嗎？

「試著憋大招？」準人瑞猜。

「別嚇我。」黑貓不安，熱鬧也不看了，趕緊飛回去盯著裝瘋的何總裁。

大概是被感染了不安，準人瑞也有點浮躁。所以她打開小筆電，駭入保全系統，將附近的監控器都瞧了一遍，著重監控了幾個重要的路口才算是安定了下來。

新環境總是讓人緊張。想要不緊張，就是將之化為熟悉的環境。

原本以為來老宅住幾天，辦個婚宴什麼的就算了。誰知道會如此複雜。

王媽媽非常熱心的帶著準人瑞去訂作婚紗、美容、逛街購物。物理學家由司機接送，沒她的事了。

準人瑞惱怒，但是物理學家安撫她，「李哥不只是司機，他還是專業保鏢，身手很好的。」

「能比我好？」準人瑞不悅。

「不能。但也夠用了。」物理學家注視著她，「頂多一個月，他們就回去了，我們的生活就會回到常軌。所以，拜託妳忍耐一下。」

準人瑞嘆氣。有什麼辦法，自己結的婚，含淚也得忍下去。

最後她趁購物的時候給物理學家買了條項鍊，卻做了點改造。她知道有APP，天涯海角都能追尋到物理學家，但是手機太容易丟。還是多加一層保險為妙。

她知道自己有點神經質。說不定是王媽媽太煩，她擁有所有中老年人的最大缺點……碎念個不停卻從來不聽別人說話。

等行頭買得差不多了，準人瑞包裝後才讓王媽媽帶出去見人。每天晚上在家都請些親友……說是家宴也吃了快一個禮拜才算是將人見完。

至於物理學家也不輕鬆，他自有一群青年親戚朋友要招待，有時候還要出去喝個小酒什麼的。

每天準人瑞都要檢查他的藥物有沒有帶齊，並且分裝好幾處帶著。

「別喝太多酒。」萬千擔心還是只化成這一句叮嚀。

「沒事。我都喝檸檬汁。」物理學家淡淡的笑，「他們也不敢將我帶出去結果送了急診室。」

準人瑞嘆息。她對人際關係真是非常厭惡。但是身在其中又不得不隨俗。

「我媽問我從哪兒將妳找出來的。」物理學家笑得非常美麗，「王室公主也不過就這個氣質了。」

「嗯，其實是帝國郡主和親王，而且是女尊親王唷。」

物理學家笑得更歡欣。他的女郎總是亦真亦假，跟她一起總是非常有趣。

只是準人瑞和黑貓不知道的是，和何總裁綁定的系統在生死存亡之際。

畢竟系統之上還有主機，也是受規則束縛的。

何總裁的終極任務就是獲取王舜華的愛與一生，任務失敗將會被抹殺。可和何總裁綁定的系統同樣也會遭受抹殺的命運。

已經產生自我意識的系統當然不想死。

這時候它深深懊悔，不該選個廢柴宿主。還遭逢了平生最大的敵手，那隻該死的王八貓。

當然，它絕對不會承認是自己智商欠費未繳，都是別人的錯。

可是任務目標特麼的都結婚了。結果宿主只會以頭搶地、搶壁，瘋得那麼五花八門，好像不這樣不足以表示他的悲痛似的。

它才真的要悲痛好嗎？眼見任務要失敗了啊!!

不得不破釜沉舟了……

很平常的一天，後天就是婚禮了。

準人瑞表面毫無表情，內裡已然抓狂的試著永遠試不完的禮服。物理學家的姊姊也已經排除萬難的回國了，和他媽媽一文一武，一黑臉一白臉，雙簧唱得極好，試著給點下馬威，省得她們可憐的物理學家被欺壓得更可憐。

她明白，也體諒。不然已經抓狂的準人瑞怎麼可能還在試這堆該死的禮服。

直到手機傳出警報聲。

準人瑞心裡一緊，掏出手機，發現所有訊號都斷了，將近一分鐘才恢復訊號，但是警報聲又再次響起，她所監控的監視器也失效了。

「……舜華呢？」她環顧四周，心裡警鈴大作。

「唷，一刻都離不了？」大姑子笑開了，「沒事兒，他的一票鐵哥們帶著去婚前派對了，剛出門了吧……喂！妳去哪？巧音！」

準人瑞摟著裙襬狂奔而去，在大門口看到所謂的鐵哥們。

這幾年鍛鍊小有成績，最少耳力練上來了，所以立刻逮到禍首，二話不說先掄到鐵門上，然後揪著衣領左右開弓給了兩耳光。

「瘋婆子妳幹什麼?!」被打得牙齒鬆動的紈褲滿口血含含糊糊的罵。

「你們居然眼睜睜看著王舜華被綁架！」她使盡力氣大喊。

這讓原本騷動的王家人更騷動，讓原本想討公道的紈褲父母也驚懼了。

「妳胡說什麼？」被準人瑞嚇呆的其他紈褲終於清醒，忿忿不平的說，「不就是和阿天有點誤會嗎？說開了就好了嘛。妳誰啊妳？阿華跟誰說話也得跟妳報備？」

準人瑞的眼睛挪向那個說話的紈褲乙，洶湧的殺氣讓他忍不住顫抖起來。

「你們不知道何嘯天入獄？他能到這兒就是越獄？事實上你們知道，你們不過就是想看希罕，看笑話！你們這幫渾球。」

她手下一緊，大喝道，「說！何嘯天往哪走了?!」

沒辦法，這路出去沒多遠就是三岔口，三條路南轅北轍。

場面非常混亂，但是武力無法解決所有問題，卻能解決現在的問題。當一票年輕力壯的紈褲躺在地板呻吟，所需時間只用了兩分鐘，立刻就非常識時務的問什麼是什麼。

「報警！」她咆哮出一串地址，「應該在這兒，順便將救護車叫了！」

然後她跳上一部敞篷跑車，沒用到鑰匙，只靠天生荊棘就開走了。愛車被開走的紈褲悲呼，「我的老婆啊！妳慢點啊！」

準人瑞真恨不得倒車將這群「鐵哥們」一起輾斃。

何種馬往市區去了。而這個方向最近的「金屋」就是她報的那串地址。

沒辦法，誰讓準人瑞看了兩年的國家地理頻道，何種馬的一切誰能比她清楚呢？而且黑貓斷斷續續的心電感應，也幫她確立了方向。

是的，系統的大招就是屏蔽資訊。範圍內一切通訊方式都失效，甚至包含心電感應。

就在這大招的籠罩下，黑貓被炸了個盲聾啞三重苦，並且在系統護航下，獄警張目結舌的看著一道道的鐵門開開關關，卻看不到被護航的何種馬。

何種馬就這麼安然越獄，並且在系統的神威下打了通電話給鐵哥們，聲淚俱下的希望能見王舜華最後一面。

要知道，在他們這群鄰居玩伴中，王舜華和何嘯天都是「別人家的小孩」，優秀得令人髮指。結果呢？何嘯天居然是得罪了王舜華他老婆才含冤莫雪，越獄就為了和王舜華告白消弭誤會……

哈哈哈，優秀又怎麼了？有才華又怎麼了？還不是一對基佬？這笑話不看不行！

於是這群生活幸福得太無聊，唯恐天下不亂的紈褲將王舜華騙出來，讓等在門口虎視眈眈的何種馬綁走了，這群紈褲還吹口哨怪叫著要何種馬溫柔點。

真想將他們一起宰了。

咬牙切齒的準人瑞一路狂飆，暗暗的痛恨這條鐵則，並且後悔自己是個太守規則的人。

「妳快點啊！」黑貓悲呼，「物理學家心臟病發了！」

準人瑞沉著臉，「快去宰了那混帳系統！」然後將跑車開得像是飛機低空而過。幾個任務的鍛鍊，她的車技其實很不錯。最少這一路狂奔沒讓自己出車禍也沒讓其他人出車禍，這可不是簡單的事情。

搭電梯時，她按捺著狂怒和太快的心跳，勉強讓自己冷靜下來。紅寶石戒指還在關閉狀態，只有罐藥物是打成腿帶隨身繫著，換禮服都沒放下。

作好心理準備，電梯門開了。

沒人。

她喚出荊棘，順了刺的荊棘變得非常的細，像是長了細小鱗片的鐵絲鑽入鎖孔中，不到十秒就開了堅固的鐵門，順便開了掛鎖。

將門打開，一個缽大的拳頭就砸了下來，幸好準人瑞往後一縮，這拳砸在門框上，赫然一個拳印。

何總裁整個大變樣了。肌肉累累的像是北斗神拳的兄貴們，毫無意外的爆衣。眼睛通紅，咆哮並且流著口水，搥胸做大猩猩狀。

「系統出產猩猩丸？」準人瑞化開猩猩總裁粗暴卻破綻許多的攻勢，難以置信的說。

「不是，那不過是狂暴藥水！」黑貓氣喘吁吁的心電感應，「只有五分鐘！」

準人瑞二話不說將那罐麻沸散噴劑全噴在猩猩總裁的臉上。

但是狂暴狀態的何總裁，藥物減免加成，所以這兩分鐘真是抗得準人瑞生不如死……最少表面看起來比何總裁慘得多。

兩分鐘後，何總裁終於倒下，這才有機會用荊棘將他手腳捆住。

滿臉是血的準人瑞蹣跚的進房，嘴脣已經開始發紫的物理學家抬頭看她，原本寧靜的眼神開始錯愕，並且湧出心疼和自責。

「看起來有點可怕而已。」準人瑞淡淡的說，「還好嗎？」

衣衫不整的物理學家輕輕的笑了。「那顆藥……很有效。」

是的。她贈給物理學家的項鍊不光光會發出訊號，並且內裝了一顆仁丹大小的「三仙散」。當時她非常慎重的說，萬一遇到不可抗力的事情，不要著急也不要慌張，這顆仁丹會讓他有點不舒服，表徵出來也是嚴重的心臟病發作。

這能降低綁匪的警惕，也能讓他因「病」保全自己。

準人瑞將他衣服整理好，「害怕嗎？」其實這計畫有很大的漏洞，萬一何總裁獸性大發，服藥後真是想跑都沒地方跑。她敢這麼幹不過是基於何總裁還有最後一點「良知」……最少改版中總是將物理學家送醫院。

物理學家笑得更美麗，「我相信妳。」

準人瑞輕輕撫著他的頭髮，眼神很溫柔。

抓著系統的黑貓化為人形，偷窺準人瑞難得溫柔的一幕。結果系統一聲長鳴，黑貓手一抖，不小心將系統給毀了。

準人瑞默默看著他，他忍不住冒汗，羅的威壓真是越來越重。幸好她很快的轉頭，只是下一句讓他淚奔。

「玄尊者。」準人瑞望著牆，「快把衣服穿上。」

「啊啊啊啊啊～我忘了我忘了，我只是忘了呀～」

然而準人瑞無意間看到了物理學家脖子上的青紫。

這明顯是被掐住脖子才可能有的傷痕。

準人瑞輕觸了一下，物理學家不太自然的閃躲，「其實不太痛。」

狂怒緩緩的從心底湧出，蒸騰，如燎原怒火。她轉身，抬起腳就往暈厥的何種馬胯下重踹。

真不明白這些男人，一點點都不明白。只要是他們看上的都必須讓他們上，不給上就寧可毀了。這其實說穿了很簡單，這些男人並不把喜歡的對象當人看。

拒絕所有的拒絕，因為他們的自尊神聖不可侵犯。

去死吧，混蛋。

「羅，羅！」黑貓恢復貓身，掛在她腿上狂呼，「別別別！別殺了他喂！冷靜冷靜，警察和醫護人員進電梯了！」他緊張得聲音都牽絲。

此刻黑貓慶幸剛剛劇烈的交手，準人瑞已經將高跟鞋跟踢斷了，所以何種馬外傷不嚴重……至於內傷，至於還能不能擁有正常功能……關他啥事啊。

警察出電梯時，準人瑞忿忿踹了最後一腳，然後轉身抱住物理學家。

攻堅的警察看到的就是這麼可憐的場景。小夫妻倆相擁瑟瑟發抖，被綁架的物理學家奄奄一息，小姑娘滿臉都是血，被打得很慘。

至於綁架犯，倒在地上暈厥過去。

醫護人員趕緊照顧物理學家，女警扶起小姑娘，結果小姑娘一臉驚惶，「我不是故意的。他跌倒了……他死了嗎？我會坐牢嗎？」

女警細聲安慰，黑貓在一邊顫著雞皮疙瘩。羅這演技……真是日新月異，精益求精。

結果何種馬居然在不應該的時候清醒了。他感覺到手腳縛著的「草繩」不見了，被狂暴藥水後遺症主宰的他，性情非常暴躁，於是他揮拳迎向警察。

此界警察的標準配備不是手槍而是電擊槍，於是何種馬遭受慘無人道的電擊，直到被抬出去渾身還控制不住的顫抖並且口吐白沫。

兩個不幸的受害者進了醫院。物理學家還好，病情很快的控制住，他的小妻子就有點慘，兩臂多處骨裂，被打出鼻血來，肩膀脫臼……在準人瑞看起來是輕傷，但在憤怒的王家人眼中卻是重傷得只剩一口氣了。

於是何王兩家交鋒。何家盡力往誤傷辯解，王家憋足了勁往綁架、殺人未遂扯，無聲的硝煙蔓延，轟然的在法院交戰起來。而且何家屈居下風，最後丟兵棄甲慘敗得一場塗地。正式演繹了「養子不肖全家挨宰」的真實案例。

這些不關準人瑞的事情。她興致盎然的旁觀黑貓拆解系統……但是如此高等的機械文明，實在是有看沒有懂。

「這到底是幹嘛的？」準人瑞好奇的問。

原本化身為人形的黑貓又再次化為貓型。「……娛樂。」

「哈？」準人瑞驚愕了。

「嗯，娛樂用。」黑貓嘆氣，「該文明閒著沒事幹，看直播當娛樂。」

……也就是說，讓他們費盡力氣含辛茹苦的奮鬥，只是有某個文明吃飽沒事幹，扔個系統來玩直播看戲？

「如果這是合法的，我要向大道之初申請辭職！」準人瑞完全憤怒了。

「不不，這當然不合法！」黑貓嚴正的聲明，「這類非法系統都有自爆功能導致無法追蹤，這不是被捏爆了嗎？放心，一個都跑不了。」

黑貓露出虎牙獰笑。

*

*

*

看著鼻青臉腫的女郎，物理學家很黯然。

心疼、自責、失落……種種複雜的情緒最終歸於，或許就要離別了。

他感覺到女郎的緊張完全鬆懈下來，似乎危機已經過去。

從來不覺得婚姻就能綁住她。那個器宇軒昂、從容不迫的女郎。畢竟，他從來不能給她什麼。

不管是保護、是溫柔，還是孩子。其實都不能。

那麼，到底有什麼值得她留下來呢？

「責任啊。」女郎輕鬆的回答，「我對你有責任。護衛你就是我不可推卸的責任。」

「危機解除了呀。」物理學家說。

「誰知道呢？」女郎聳聳肩，「世間總有很多意外。」

騙人。結婚八年多，什麼意外也沒有。

每天睜開眼睛，都能看到她安靜的睡顏。閉上眼睛時，她就在身邊呼吸細細。

寒暑晴雨，她總是送他上班下班，從來沒有一天懈怠。

他的身體一天天的衰弱，一直都是她有力的臂膀支撐著。

在短暫的生命中，除了書和物理，他還有，女郎。

回顧他這一生，其實活得也不太壞。

完成《蟲洞論》那天，他很滿足。在死亡之前，他終於達成了最終目標。

「……我們去木槿園逛逛吧？」他聲音細微，宛如耳語。

女郎點點頭，將他抱上輪椅，推著他出去。

這是附近的一個小公園，準人瑞用了某些手段得到管理權負責維護，種了滿園子各色木槿。

最令人矚目的是一棵白木槿，兩公尺高，花開如覆雪。

「還是我們家的好看。」物理學家挑剔的看著這株盛美的花樹，「這棵太大了。」

「那是我修修剪剪才能維持身材好嗎？」準人瑞沒好氣的說，「這才是正常的木槿高度。」

物理學家輕笑，「家裡的會是最好看，因為是妳送給我的。」

準人瑞沒有說話。將物理學家抱到公園椅上，細心的把毯子拉好。

將頭靠在準人瑞的肩膀上，物理學家抱怨，「結婚這幾年，我們的性別角色總是不對勁。」

「還真是抱歉喔，別想我能小鳥依人。」準人瑞頂了回去。

「老夫老妻了，我接受妳的道歉。」物理學家點頭。

一朵木槿落了下來，物理學家顫顫的拾起。早上開花，傍晚凋謝，一點商量的餘地都沒有。

「我死了以後妳怎麼辦呢？」物理學家有點發愁。

久久沒有聽到回話，費力的睜開眼睛，女郎遮住他的視線，額頭卻滴下一滴溫熱。

或許這樣也就可以了。愛不愛什麼的太害羞，他得到鋼鐵般的女郎，一滴淚呢。

「謝謝。」他微笑，「我很幸福。」

他像是睡著一樣，安靜的在準人瑞的懷裡嚥下最後一口氣。

準人瑞沒有繼續流淚，只是抱著他，望著一地的殘瓣，靜默不語。

休息時間

準人瑞歸來時，只帶了一截白木槿的枝條。

第一件事情也不是睡覺，而是將白木槿枝條插在園子裡，就在她慣坐的椅子，窗外。

她的心覆蓋滿了厚厚的城牆，一絲情緒也窺看不到。

不安的黑貓清清嗓子，說，「羅……」

準人瑞轉過來的眼睛飽含著森森的寒霜，沒有殺氣更勝殺氣。

黑貓咕嚕一聲，將所有的安慰都吞下肚了，「我、我我我……我將系統交上去。」

然後逃命似的跑出去，出門倒是記得穿上衣服，但是顧得了這卻忘了已經是人形，所以他一貓撲就真的仆街，打了無數的滾。

……慌什麼啊。準人瑞無言。

站在神祕的書架前，完成的任務已經成書。但是她只是看著書背，遲遲沒有拿下來。

或許睡一覺後我就能夠拿下來看一看，說不定。

爬上床將自己埋進枕頭裡。其實我知道，我再也不敢翻開來看。

最後黑貓磨磨蹭蹭的將系統交給炁道尊，他發誓那王八蛋眼底居然是錯愕和遺憾，而且還很深沉。

「所以小餅乾你知道吧？」炁道尊高深莫測的說，「天將降大任於斯人也……這些對你們是有好處的。」

黑貓皮笑肉不笑的，「呵呵。」

炁道尊就是大奸似忠那種惡霸，殷切的詢問了任務感想和內容，看似讚揚事實上希望「小女孩」能文靜點。

黑貓跟他敷衍得超級熟練。

天知道羅根本不可控，他也沒膽子控。所以炁道尊，請您自求多福。

不跟你們玩了，反正我只是可憐的小餅乾。他轉頭洩恨似的確定該系統的創造世界獲得了文明鎖死一百年不得發展，並且全面打擊系統製造的判決，他才覺得稍微出了口氣。

最後他回來時，羅還在睡，只是蜷成一團，眉毛皺得緊緊的。

任務其實達成得很好。物理學家的《蟲洞論》原本沒有這麼完整，結果他將後人該添補的事兒都做完了。

續上的命運線湛藍而明淨。

而且，羅終於不再亂開世界任務，可積分卻也非常豐富，夠她死個三五次了。

但是黑貓情緒卻有點低落。

羅的那滴淚是那樣沉重。

他有八百萬眾的麾下，看盡了執行者和任務裡人的悲歡離合。別離其實最傷人，許多執行者很優秀，卻被這種生離死別折磨得不成人形。

有的受不了，會飲用忘川水遺忘，最後不是有了毒癮（忘川水中毒），要不就是在一次次的洗滌中成了沒有感情僅餘理智的怪物。

有的會逃避，乾脆遁回輪迴。

有的則是遊戲人間，放浪形骸的成了渣男或渣女。

他以為羅夠堅強。但是現在卻不是那麼確定了。

被跟得很煩的準人瑞終於發飆，「不要一副我就要死了的樣子好嗎?!我沒得癌症！」

黑貓嚇得腿軟，可憐兮兮的看著她。

「我是有點難過，那不是廢話嗎?物理學家是很棒的人。」準人瑞頹下肩膀，「但也不至於以淚洗面痛苦頹廢好嗎？」

「玄尊者，我在本世界幾乎活到人類的最高壽算。所以我的孩子、孫子、好友，幾乎都走在我之前。如果我只顧著傷心頹廢，日子還過不過了？」

黑貓大大的眼睛看著她，小心翼翼的將腳掌放在她的手背。

「好了好了。」準人瑞輕輕捏著他的腳掌，「我接受你的安慰行了吧……我真沒得癌症。」

「呃，那就好。」黑貓謹慎的說，「這次不要將Boss掄牆上了，喔？」

準人瑞嘆息，慨慨的點了點頭。

但是，山不來就我，我將去就山（？）。

準人瑞被旡道尊堵在中藥行。

「這次任務不錯吧？」旡道尊笑咪咪的說，「福利啊，這麼漂亮的任務目標……可得好好感謝我。像我這麼好的上司……」

找抽呢這是。

但我就是不抽你。

影后附身的準人瑞眼淚一滴滴的滴下來，掩面哭泣，「為什麼？為什麼你……嗚嗚……」

旡道尊快被周遭的眼神戳爛了。

準人瑞小有名氣，畢竟她還算是新人，但是任務評分超高，個性也非常鋼鐵，寧折不彎那種。她甚至有膽將旡道尊掄牆兩遍，真是大快人心。

可怎麼，被說哭了呢？

旡道尊一定耍了什麼陰險吧？還是乾脆的X騷擾？哇喔，沒想到旡道尊是這樣的人!!

然後，雖然準人瑞再三「故作堅強」的說什麼事情都沒有，百口莫辯的旡道尊還是被監察官逮去談了四十八小時，調查是否有濫用職權之嫌。

嗯，誰讓大道之初文明程度超高，道德標準也超高呢。

旡道尊哭了。

他後悔了，嘴賤一時爽，痛苦一輩子啊。還不如讓小姑娘掄牆啊……總比被她坑得有苦難言的強。

畢竟掄牆不過幾秒鐘，流言卻異常長久，女同事看到他都繞道而行，異常傷自尊。

命書卷拾伍

最短的命書

黑貓和準人瑞凝重的看著眼前的檔案。

居然不是白皮書，也不是特急件，危險度居然是正經八百的淺紅色，一點花俏都沒有。

剛吃了大虧的旡道尊能這麼好心？

「噢，」還是準人瑞腦洞開得大，很快就轉過彎，「道尊服軟了。」

「怎麼可能？」黑貓很悲觀。他從入大道之初的上司就是旡道尊，其實他並不嚴苛還睿智，但是惡趣味就能整得下屬抱頭痛哭。

而且，心眼就比針尖大一點點。

「嗯，據說現在女上司們遇到他都繞道而行。」準人瑞露出惡意的微笑。

其實吧，雖然常有人來找她打聽，可她發誓從來沒有說過旡道尊的壞話……頂多言語有點閃爍其辭。

誘導人們開腦洞自行腦補一直都是她的強項。

「放心吧。」她接過檔案。

但是黑貓聽到「放心」二字就想找掩護，反而更擔心了不知道怎麼破。

果然登錄後，準人瑞立刻衝往洗手間，趴在馬桶上狂吐了一番。

就說旡道尊心眼賊小，怎麼可能不折騰。黑貓提著心，「喂，羅？妳還活著嗎？沒真把內臟給吐出來？」

準人瑞無力的望了黑貓一眼，告訴自己，玄就是腦殼小，不要介意。

此刻她頭昏眼花，勉強用冷水給自己洗了臉。四肢無力、頭痛欲裂，精神極度不集中。

「……這不正常。」她喃喃道。

「喔，原主吃了十顆安眠藥意圖自殺。」黑貓淡定的回答，「但是這安眠藥早已改良，照劑量起碼得吃個五百顆才能致死呢。」

準人瑞扶額不語。

躺了將近十分鐘，那滿腦子都是霧和糨糊的感覺才稍稍退去，大腦終於正常運作。

結果一翻檔案，準人瑞的臉立馬陰天了。

原主叫做徐雅寒，十六歲，大學剛放榜，昨晚開心的和同學去狂歡，然後遭逢了她這生最大的夢魘。

幾個同學合夥將她下藥兼灌醉的賣了她的初夜。

她醒來時，強姦犯已經走人了，被蹂躪得走路都困難。驚慌失措的她只想著回家，什麼也不敢說，只是一遍遍的洗澡。

然後會自殺，也是惡毒同學發了個似是而非的訊息要她閉嘴。

在原版中，當然自殺未遂……嗯，此界的安眠藥改良到非極大劑量死不了人了，十顆安眠藥實在不夠看。家人還以為她病了，她也就默默的躺床一個禮拜。

更慘的是，三個月後，她發現身體不舒服總是想吐，一看醫生差點把她嚇死……她懷孕了。

痛苦莫名的她，終究還是非常果決的去墮胎。因為這事絕不想讓父母知道，更不能讓他們有個未婚先孕的女兒。

幸運的是，即使找了家小診所拿掉孩子，總算平安沒有後遺症。不幸的是，墮胎真是她心靈重壓上最後一根稻草，直接將她壓垮了。

得了嚴重憂鬱症的她，依舊守口如瓶。因為她覺得即使是精神病患者也比被污穢的女兒來得好……對她爸媽來說。

若不是她被憂心的爸媽死活拖去旅遊，正好遇上一次大地震，面對天災的強烈無力，感受到活著的美好，她搞不好還在迷宮裡兜兜轉轉走不出心理陰影。

在沒水沒電半倒塌的山間溫泉大飯店滯留了一週以後，她整個脫胎換骨，並且異常熱衷各種野外求生活動。

最後她甚至開啟了一個新興活動，末日求生村。就是假設文明已經崩塌，什麼都沒有的人類該如何求生。

雖然後來完全娛樂化並且cosplay化了，但是影響很深遠。小姑娘有很多奇思妙想，居然讓末日求生成為一種全民運動。在她過世不久後，世界性的大洪水泯滅一切，殘存的人類裡有那麼幾個末日求生運動玩家，能夠燒陶燒磚，知道如何搭建木屋籬笆、種植蔬菜糧食，才不至於在大水退去後直接退化到原始時代無法適應而滅族，最少能夠從農耕時代往前行。

但是某個誤將天機當靈感的作家卻對這位偉大的女性非常不滿。

因為在作家眼中，墮胎根本是死罪，該活活綁在柴堆上燒死。至於是什麼緣故？那完全不重要！

於是他改版成另一種……老梗。

是的，特麼的異常老梗的老梗。

十六歲的少女最終沒有墮胎，父母知曉後逼問，她也不肯吐露。最終在少女要死要活的撒潑打滾後，父母妥協了，將她送出國。

嗯，她生下一個男孩，必定是智商兩百那種。五、六歲就會玩股票賺大錢養老媽了，沒錯，一點問題都沒有。而且跟強姦犯……不不不，男主角長得一模一樣。

然後女主角攜子回國，偶然遇到了男主，因為血緣裡親情的呼喚，兒子纏著男主，欽定要他當自己老爸，於是歷經千萬誤會和曲折，誤傷眾多情敵和非情敵，在兒子的強勢拉攏下，終於男女主在一起，完美大結局。

說句實話，這老梗為主的小說，沒有一千也有八百。背景可能是現代，但是改成古代、星際，甚至是末世都沒有半點違和感……而且還真的有人寫、有人看，這就是為何老梗彌久遠，一梗永流傳的緣故。

準人瑞只想說，這作家太省事。

只是結局之後的故事，真沒有想像中那麼美好。

要知道狗改不了吃……呃，江山易改，本性難移。能夠將昏迷的原主給強了的男人，到最後都沒有道歉，只說「孩子有了要負責，而且我愛妳」的霸氣男主，怎麼可能不會一錯再錯，三錯四錯。

然後「孩子有了要負責任」，於是負責了一卡車。

這原主能忍嗎？不能。她想離婚，可是男主正在選舉的緊要關頭，死活不肯。她向兒子求助，兒子認為老媽大驚小怪，是男人哪能不在外有點什麼。

發現自己半生都是虛無蹉跎的原主，絕望的跳樓了。

然後，將這世界最後一絲生機也給跳沒了。洪水滔天三個月，沒水沒電沒糧食，讓科技文明嬌慣壞了的人類，毫無準備的凍死餓死病死，沒支撐多久就默默寂滅。

準人瑞瞥了一眼堆在左心房的雅寒「醬」，吃力的站起來，找到錢包往外走。

「等等，妳要去哪？」黑貓問，「不要鬧了，這任務不難，別看原主是個醬就覺得很困難……自殺不能解決任何問題……」

「這任務根本太簡單好嗎？」準人瑞煩不勝煩的將黑貓撥到一邊。

黑貓呆愣，「呃，困難點應該是十六歲就要當小媽咪？墮胎大概不行，原主魂魄已經很脆弱了，這會加重她的心理疾病……」

準人瑞無奈的露出看智障的憐愛眼神，「我說，你們從來不知道有種東西叫做事後丸嗎？」

「……哈？」黑貓愣住。

「被強暴很淒慘，但是總要做到最佳止損點啊。」準人瑞扶額，「我不懂你們的邏輯。以後要哭的時候有的是，怎麼不趕緊面對最嚴重的狀況。一顆事後丸能解決的事情，為什麼要到懷了罪犯的孩子才來慌張失措？」

「還有，強姦犯就是強姦犯，從來沒有『人正真好，人醜性騷擾』的分別。懷這種噁心玩意的孩子，更能誘發心理疾病吧？對那孩子是好事？別鬧了。」

於是手腳發軟的準人瑞，哆嗦著走到藥房，買了事後丸，當場就吃了。

看說明書四十八小時內都還有救。

所以那個智商兩百的孩子只能轉投其他老媽了。

一個禮拜後，黑貓掃描確定沒有懷孕，已然健康的準人瑞跑去中藥房買了一大包的藥材。這次就只是簡單的蒙汗藥，畢竟那個強姦犯只是個貌似強壯的軟腳蝦。

好久沒蓋布袋了，想想真有點小興奮呢。

盡力將他痛毆了一頓，四肢倒還健全，第五肢可能需要點手術。最終力氣耗盡，差點就讓五花大綁的強姦犯從二十五樓跌下去，那就成了男主「醬」了。

還好撐住了，讓他倒吊著懸在二十五樓陽台外，非常清涼的度過一夜。

至於那幾個惡毒同學……嗯，他們實在不懂真正的惡毒是什麼。

所以她替那三男兩女布置了一個攝影棚，就在學校地下室。總是將溫柔善良的人看成軟弱可欺，這就是垃圾犯的最大錯誤。

先中蒙汗藥，後中春藥的五個同學暈倒，準人瑞將門鎖上。開啟針孔攝影機，全天下都看到了各種BG、BL、GL的排列組合……這直播成了經典，非常開拓視野。

女主醬居然就這麼快速拼好，任務時間不到半個月。

黑貓頭暈目眩，良久才找到聲音，「居然。」

「這女主自己就可以解決的，本來。」準人瑞發牢騷，「關鍵不過是顆事後丸。原版中照她的性情和組織力、人格魅力，弄死那五個王八同學綽綽有餘，只是怕他們扣留了什麼影像資料。男主好狗運跟她一生沒有交集，男主才能安然無恙的三妻四妾平安過日。」

「所以我真心不懂那個老梗為什麼能流傳這麼久啊。」

黑貓訕訕的笑。

準人瑞還是有點不滿。

因為這個命書實在太短，所以形成的書太薄，排在神祕的書架上，非常不美觀。

Seba・蝴蝶

司命書. 伍 / 蝴蝶Seba著.
-- 初版. -- 新北市 : 雅書堂文化, 2018.08
面 ; 公分. -- (蝴蝶館 ; 82)

ISBN 978-986-302-444-6(平裝)

857.7 107012258

蝴蝶館 82

司命書 伍

作　　者／蝴蝶Seda
發 行 人／詹慶和
總 編 輯／蔡麗玲
特約編輯／蔡竺玲
執行編輯／蔡毓玲
編　　輯／劉蕙寧・黃璟安・陳姿伶・李宛真・陳昕儀
封　　面／斐類設計
執行美編／陳麗娜
美術編輯／周盈汝・韓欣恬

出版者／雅書堂文化事業有限公司
郵政劃撥帳號／18225950
戶名／雅書堂文化事業有限公司
地址／新北市板橋區板新路206號3樓
電子信箱／elegant.books@msa.hinet.net
電話／（02）8952-4078
傳真／（02）8952-4084

2018年08月初版一刷　定價220元

經銷／易可數位行銷股份有限公司
地址／新北市新店區寶橋路235巷6弄3號5樓
電話／（02）8911-0825
傳真／（02）8911-0801

Seba・蝴蝶

Seba・蝴蝶